결혼 10년 차,
아이는 없습니다만

결혼 10년 차, 아이는 없습니다만

지은이 릴리리
펴낸이 임상진
펴낸곳 (주)넥서스

초판 1쇄 발행 2020년 7월 24일
초판 2쇄 발행 2020년 7월 30일

출판신고 1992년 4월 3일 제311-2002-2호
10880 경기도 파주시 지목로 5 (신촌동)
Tel (02)330-5500 Fax (02)330-5555

ISBN 979-11-90927-13-0 03810

www.nexusbook.com

결혼 후 아직도 열애 중! 아이는 아직도 고민 중?

결혼 10년 차,
아이는 없습니다만

글·그림 릴리리

Qrious

2006년 남편을 만나 2010년 결혼했다. 올해로 우리는 결혼 10주년을 맞는다. 이제는 11년 차가 되어 버렸지만, 브런치에 처음 이 글을 연재하기 시작했을 때는 꼭 10년 차였다. 수학도 아닌 간단한 산수에 약해서 9년 차인가 10년 차인가, 어물어물하다가 연재 글의 제목을 '결혼 10년 차, 아이는 없습니다만'으로 지었다. 그게 그대로 이 책의 제목이 되었다.

멋진 싱글 라이프를 이야기하는 사람은 많지만, 멋진 부부 생활을 이야기하는 사람은 별로 보지 못한 것 같다. 그래서 세상에는 멋진 부부 라이프도 있다는 사실을 알리고 싶었다. 세상 사람들, 여기 좀 보세요!

내 남편은 내가 좋아하는 건 같이 좋아하고 싫어하는 것은 같이 싫어하며, 힘든 일이 있으면 조던을 사 준다. 이렇게 멋진 남자를 만나 정말 운이 좋다고 생각한다. 이 이상의 좋은 일이 내 인생에서 더 있을까 싶을 정도로. 그래서 로또는 안 산다.

　이번 에세이를 쓰며 내가 얼마나 행복한 사람인가를 깨달았다. 동시에 슬펐다. 이유는 모르겠다. 슬프니까 행복을 아는 걸까, 행복하니까 슬픔을 아는 걸까? 행복과 슬픔은 종이의 앞뒷면 같아서, 어쩌면 언제나 함께 있는 건지도 모르겠다.

　언제나 힘이 되어 주는 가족과 친구들, 고생 많이 하신 편집부 및 출판사 관계자 여러분에게 감사의 말을 전한다. 무엇보다 세상에서 가장 사랑하는 우리 남편에게 고맙다고 말하고 싶다. 참고로 남편은 옆에서 코를 골며 자고 있다. 드르렁드르렁.

　열어놓은 창문 너머로 개구리 울음소리가 들려온다. 까만 여름밤, 날이 흐려 달은 보이지 않는다.

　언제나 여름날처럼 살고 싶다.

2020년 7월. 릴리리

PART 3
우리는
딩크일까요?

PART 4
결혼 후에도
여전히
연애 중

보물찾기, 남편이 당첨되었습니다

어렸을 때부터 운이 없었다. 그렇다고 불행을 몰고 다니는 것은 아니었지만, 딱히 행운이랄 것도 없었다. 큰 병 없이 지내왔다는 것만으로 큰 행운이겠지만, 여기서 내가 말하고 싶은 '운'이란 큰 선물에 당첨된다거나 뜻하지 않은 기쁨을 얻게 된다거나 하는, 이를테면 '요행'에 해당되는 것이다.

봄 소풍의 단골 게임인 보물찾기에서는 단 한 번도 보물을 발견하지 못했다. 친구들이 연필 세트라도 받아갈 때 나만 혼자 꽝이 적힌 종이를 들고 있었다. 남들은 잘도 찾는 걸 나는 찾지 못했다. 이른바 똥손이었다. 심지어 학창 시절에는 5지선다 문제를 푸는 도중 답이 헷갈린다 싶을 때 찍으면 무조건 틀렸다. 그래서 시험을 보다가 2번을 할까 3번을 할까, 찍어야겠다, 생각하면 그 문제는 일단 틀린 걸로 간주했다. 도무지 요행을 바랄 수가 없었다.

호주에서 처음 카지노를 갔다. 입장 시 충전한 카드로 돈을 거는 방식이었는데, 구경 겸 머신이나 몇 개 돌리려고 온 초심자들은 20불을 충전하고 1시간가량 노는 게 보통이었다. 그러나 여기서도 어김없이 내 똥손은 진가를 발휘했다. 20불이 든 카드는 10분도 안 돼 0불이 됐다. 대단히 머리를 쓰는 게임도 아니었다. 버튼만 누르면 되는 슬롯머신 종류들이었다. 같이 간 일행이 혀를 끌끌 찼다.

"야, 너처럼 못하는 애는 처음 봤다."

어느 해의 록 페스티벌에서는 상자에서 종이를 뽑아 경품을 가져가는 이벤트에 참여했다. 남편은 영화 관람권 2매를 뽑았다. 너무 쉽게 뽑아서 참가상으로 영화 관람권은 다 주는 건 줄로만 알았다. 고심해서 뽑았는데 꽝이었다. 이벤트 진행원의 얼굴에 당황한 기색이 역력했다.

"어, 이거 보통은 화장품 샘플이라도 다 걸리는데…."
"내가 이럴 줄 알았다니깐. 너 뽑기 운 진짜 대박이다."

미친 듯한 무운(無運)에 우리는 껄껄 웃을 수밖에 없었다. 진행원은 꽝을 뽑고도 깔깔대는 우리들의 유쾌한 모습에 감동(?)을 받았는지 화장품 샘플을 챙겨 줬다. 이런 뽑기 운 덕택인지 주식에도 비트코인에도 스포츠토토에도 도박에도 손을 대지 않았다. 댈 수가 없었다. 내 운을 도무지 신뢰할 수 없었다. 그렇게 나는 요행을 바라지 않는 사람이 되었다.

그런데도 남자만큼은 기가 막히게 잘 뽑았다. 그렇다. 이건 염장 지르는 글이다. 우리 부부는 연애 4년 결혼 10년, 도합 14년을 함께 했지만 여전히 알콩달콩하고 몇 시간만 떨어져 있어도 보고 싶다며 메시지를 보낸다. 종종 친구와 놀러 가거나 혼자 친정집에서 며칠 지낼 때면 남편은 언제나 빨리 오라고 성화다.

"남자들은 자기만의 시간이 필요하다며?"
"자기만의 시간 충분히 보냈거든!"

이런 식의 대화가 오간다.

같이 있다고 특별히 다른 걸 하는 것도 아니다. 그저 같은 소파에 앉아 있을 뿐이다. 남편은 텔레비전을 보고 나는 스마트폰을 하거나 책을 읽는다.

어느 날 물은 적이 있다.

"어차피 둘이서 뭘 같이 하는 것도 아닌데, 나 없어도 되지 않아?"
"아니야. 그래도 있는 거랑 없는 거랑 달라."

생각해 보면 어렸을 때도 엄마랑 뭘 특별히 같이 하진 않았지만 같은 공간에 있는 게 좋았다. 그런 느낌인 걸까? 아내랑 엄마는 다르지만 또 비슷하기도 하고.

아무튼 평생 모아 왔던 뽑기 운을 남편 뽑는 데 다 써 버렸으니, 더 이상의 뽑기 운은 바라지 않는다. 그래서 내 난자는 정자를 못 뽑는 걸까? 결혼 10년 차에 이르러서 문득, 그런 생각을 해 본다.

우리는 이렇게 만나서

PART 1

학교 앞 명물 치킨스테이크.

우리 사랑은
×
종교의 율법, 우주의 섭리

남편과는 대학교 학과 동아리에서 처음 만났다. 만난 때는 동아리 신구 대면식이었는데, 둘 다 헌내기였다. 나는 당시 3학년이었고 남편은 학교를 1년 남겨 둔 복학생이었다. 그와 결혼을 한 것은 스물여섯의 봄이었다. 그땐 남자를 만나는 게 지겨웠고, 새로운 남자를 만나 봤자 별 볼 일 없다고 생각했고, 이만한 남자를 만나기 어렵다고 생각했다. 지금 생각하면 어린 생각이라며 코웃음을 칠 일이었지만, 아무튼 그땐 그랬다.

지금도 신기할 때가 있다. 이 남자와 이렇게 결혼해서 산다는 것이. 아직도 남편을 처음 만났던 날을 생생히 기억한다. 허연 얼굴에 멀끔하게 세팅한 머리, 초콜릿색 버버리 코치 재킷과 까만 버버리 크로스백. 이렇게 멋진 남자가 우리 동아리에 있었던가 생각했었다. 그렇다. 나는 얼빠다. '선배

님 밥 사 주세요'를 빌미로 남편을 불러냈고 일주일에 몇 번
씩 술을 먹자며 연락을 했다. 남편은 당시에 되게 어색했다
고 한다. 어쨌든 처음 본 여자 후배가 개인적으로 밥을 사 달
라고, 그것도 일대일로 연락해 왔으니까. 남편은 예전이나
지금이나 변함없이 낯을 많이 가린다. 그건 나도 마찬가진
데, 그때는 아무래도 이 남자를 꼬셔야겠다는 생각이 컸나
보다.

그런데 도저히 풀리지 않는 미스터리가 있다. 남편은 낯
가림이 심해서 어떤 모임이든 친한 사람이 있지 않으면 가
지 않는다. 사람이 많은 모임일수록 친하고 덜 친한 사람이
있기 마련이라 더 그렇다. 근데 우리가 처음 만났던 그 신구
대면식 날은 달랐다. 군대에 다녀오고 공부를 하느라 남편
이 동아리 모임에 나간 건 아주 오랜만이었다. 그래서 3학
년이나 된 내가 남편을 처음 본 거고. 그날도 친한 동기 형과
같이 가자고 했었는데 형들이 다 못 간다고 했다고 한다. 평
소의 남편 성격이라면 '그럼 나도 안 가' 하고 안 나왔을 텐
데 그날은 희한하게 혼자 나왔다. 그건 일종의 운명이었다.
우리가 만나기 위한 '종교의 율법, 우주의 섭리'였다.

나는 운명론자다. 만날 사람은 만나고 헤어질 사람은 헤
어지고 죽을 사람은 죽고 살아갈 사람은 살아간다고 믿는
다. 10층 건물에서 떨어져도 사는 사람이 있는가 하면 멀쩡

하게 길 가다 떨어진 벽돌에 맞아 죽는 사람도 있다. 그래서 나는 운명을 믿는다. 우리의 만남도 그랬다.

하지만 운명적인 만남을 인연으로 발전시키는 건 결국 인간의 의지다. 내가 용기 내어 '선배님 밥 사 주세요'라고 문자를 보내지 않았더라면, 계속해서 들이대지 않았더라면, 아마 우리의 만남은 그것으로 끝이었을 것이다. 운명인지 뭔지 확인할 새도 없이.

사소하기 짝이 없는
×
사랑의 증거

　사랑, 사랑. 참으로 좋은 말이다. 사랑이 노랫말의 가장 흔한 소재인 것은 아마 사랑이 인간의 보편적인 감성을 건드리는 단어이기 때문일 것이다. 누군가를 사랑한다는 감정은 아름다우면서 동시에 뭐라 설명할 수 없는 모호한 느낌이다. 어렸을 때는 사랑한다는 감정을 이해하지 못했다. 우리 엄마 아빠 두 분은 서로를 아끼긴 하셨지만, 어린 내 눈에 그건 사랑이 아니었다. 남자와 여자가 애틋한 눈으로 서로를 바라보고, 껴안고, 마침내는 진하게 입을 맞추고, 눈만 마주쳐도 행복해 까르르 웃고, 떨어지면 울고불고 난리를 치는, 그런 게 사랑이라고 생각했다.

　유명인을 좋아하는 걸 사랑이라고 부르기에는 쪽팔렸고, 커서 했던 연애들을 사랑이라 부르기에는 뭔가 아쉬웠다. 영화나 드라마 속에 나오는 절절한 사랑은 현실에 없었다.

사람들은 몇 번 찔러 보고 '못 먹는 감'인 걸 알면 자연스레 물러났다. 사랑의 마음은 사소한 장애물도 넘지 못했다. 목숨까지 걸 수 있는 사랑 같은 건 없었다. 노래 가사 속에 나오는 애절한 사랑은 현실에 없다는 걸 깨달을 즈음, 지금의 남편을 만났다.

우리가 굉장히 영화 같은 연애를 한 것은 아니다. 부모님의 반대 같은 고난과 역경과 시련이 있었던 것도 아니다. 오히려 우리 부모님은 남편을 처음 보자마자 마음에 들어 하셨다. 그때는 아직 남자 친구였던 시절이다.

오히려 우리 연애는 시트콤에 가까웠다. 우리가 썸을 타던 때, 내가 술에 취해 속에 있는 걸 몇 차례 게우고 나서 키스를 한 적이 있다. 생각해 보니 우리 남편, 비위가 참 좋다. 옆에서 그 꼴을 다 보고도 입맞춤을 다 받아 줬으니 말이다.

내가 남편을 처음으로 사랑한다고 느낀 것은 어느 식당에서였다. 아직 결혼 전이었는데, 새우 껍질을 까서 그의 그릇 위에 놔 줬을 때, 찌르르 느낌이 왔다.

아. 나는 정말 이 사람을 사랑하고 있구나.

나는 식탐이 많아서 어렸을 때부터 오빠 거랑 내 거를 꼭 비교했다. 오빠 것이 더 많아 보이면 어김없이 욕심을 부렸다. 맛있는 건 꼭 내가 더 먹어야 했다. 나는 새우를 좋아한다. 하지만 새우 껍질을 까는 건 정말 귀찮다. 귀찮은 건 딱 질색이다. 그래서 웬만하면 그냥 통째로 먹는 편이다. 때문에 남편에게 새우 껍질을 까서 줬다는 건 굉장한 사건이었다. '릴리리 인생 연대기'를 작성한다면 당당히 날짜를 적어 둘 만한 대사건이다.

그 후로도 맛있는 걸 먹을 때나 멋진 풍경을 보거나 재미있는 걸 볼 때마다 남편이 생각났다. 결혼 전에도 그랬지만, 결혼 후에는 더 많이 생각이 났다. 이건 남편이 좋아하는 맛인데, 먹어 보면 아마 눈이 둥그레지겠지? 이렇게 멋진 곳에 함께 오고 싶다. 이 얘기를 해 주면 '키기긱' 하고 얼굴을 접어서 웃겠지?

사랑은 거창한 것이 아니었다. 너 없으면 죽느니 마느니 하며 눈물을 질질 짜고 격렬하게 이빨을 부딪쳐야 사랑인 것은 아니었다. 사소한 일상의 기쁨과 즐거움을 공유하고 싶은 마음도 사랑이었다.

며칠 전 저녁 준비를 하며 열심히 설거지를 하고 있는데 카톡이 왔다. 남편이 퇴근길에 찍은 영상을 보내온 것이었다. 회색 구름 아래로 커다랗게 무지개가 걸려 있었다.

다 똑같아 보여도
더 좋은게 있어.

남자는 다
×
똑같아?

"언제 '이 사람이다!' 하고 느낌이 왔어요?"

결혼을 하고 3~4년쯤 되었을 때, 후배들에게 가장 많이 받았던 질문이다. 이제 막 20대 중반이 되는 그들은 그게 가장 궁금했나 보다. 지금 사귀는 사람이, 아니면 만나게 될 사람이 나와 평생을 같이할 만한 사람인지, 만약 그렇다면 어떻게 해야 그 사람을 알아볼 수 있는지 말이다. 내 경우를 일반화해서 말할 수는 없지만, 깨달은 바를 공유하겠다. 참고로 이 이야기는 '남자'에게만 국한된다. 왜냐면 나는 남자를 만나서 결혼했지, 여자를 만나서 결혼하지는 않았기 때문이다.

'그놈이 그놈이다'라는 효리 언니의 명언이 있다. 남자는 다 똑같다는 옛말과도 일맥상통한다. 어느 정도는 맞는 말이다. 남자는 기본적으로 똑같다. 보편적으로 무신경하며 여자의 감정 변화에 둔감하다. 그러니 평소와는 다른 색의 립스틱을 바르고 남자가 알아주길 바라서는 안 된다. 남자는 여자가 주로 무슨 색의 립스틱을 바르는지 모를 수도 있고, 심지어 애초에 립스틱을 바른다는 사실조차 모를 가능성도 있다. 그나마 우리 남편의 경우에는 섬세한 편이라 앞머리를 자르면 그 정도는 알아차린다.

"어, 앞머리 잘랐네?"

그런데 그 말을 하는 건 앞머리를 자르고 이틀이나 지나서다.

하지만 '그놈이 그놈'이란 말은 어느 정도는 틀렸다. 같은 사람은 없다. 당연한 소리다. '그놈이 그놈'이라는 건 다정하게 나를 사랑해 주면서도 앞머리를 오늘 구르프로 말고 나왔는지 그냥 나왔는지, 코럴색 립스틱을 발랐는지 푸시아색 틴트를 발랐는지를 아는 놈은 어디에도 없다는 뜻일 것이다. 그건 나에게 관심이 없어서가 아니다. 그냥 남자들이 다 그런 거다.

심지어 남편은 소파에 앉아 내 귀의 달 모양 피어싱을 만지작거리며 텔레비전을 보곤 했는데, 며칠이 지나서 '여기

피어싱을 했네? 달 모양이네?'라고 한 적도 있다. 너무 어이가 없어서 '그때 만지작거렸잖아' 했더니 만지긴 했는데 알지는 못했다고 한다. 이건 뭐 술은 마셨지만, 음주 운전은 안 했다는 말과 같은 급 아닌가? 그 외에도 황당한 순간이 여럿 있었지만, 10년을 같이 사는 지금은 그러려니 한다. 나도 완벽하지 않은데 상대방에게 완벽함을 요구할 수는 없다. 게다가 원래 사람은 좀 허술한 면이 있어야 매력적인 법이다.

그러면 도대체 어떤 사람을 '좋은 사람'으로 규정해야 할까? 내가 더 좋아하는 사람? 나를 더 좋아해 주는 사람? 능력은 조금 모자라도 얼굴이 잘생긴 사람? 아니면, 반대로 외모는 조금 별 볼 일 없어도 돈을 잘 버는 사람? 소심해도 가정에 헌신적일 것 같은 사람?

나는 '나를 나로 있게 해 주는 사람'을 꼽고 싶다.
있는 그대로의 나를 인정하고 사랑해 주는 사람.
그보다 더 좋은 사람은 없다고 생각한다.

결혼은 연애와는 달라서 삶이고 일상이다. 연애는 멋진 이벤트로 가득하다. 사진 찍기 좋은 곳을 찾아다니고 맛집에 가고 예쁜 소품 가게에서 '이런 걸 집에 두면 좋겠다'라며 깔깔거리는 즐거운 에피소드가 가득한 이벤트. 매일의 요리조차 연애 속에서는 특별한 데이트 아이템이 돼 버린다. 하지만 결혼은 오롯이 일상이다. 설거지를 하고 음식물 쓰레기를 버리고 공과금을 내고 변기 청소를 하고 돈을 벌어 오고. 연애할 땐 앞치마를 두르고 콧노래를 부르며 했던 요리가 결혼 후 지긋지긋한 끼니로 탈바꿈한다.

사소한 짜증이 덕지덕지 묻은 일상에서까지 상대의 마음에 들도록 연기하며 살기에는 너무 피곤하지 않은가? 그러니까 나의 자연스러운 모습을 있는 그대로 받아들여 주는 사람이 가장 좋은 것 같다. 그래서 언제 '이 사람이다' 하고 느낌이 왔냐고? 잘 모르겠다. 사실 이 남자와 결혼해도 좋겠다고 생각한 건 세상 남자 다 별거 없다는 생각을 하고 나서였다. 남편과 연애를 시작하고 2년 정도 지나서였다. 그런데 따지고 보면 이미 사귀기 전부터 술에 취해서 토하고 패악질을 부리는 모습을 그는 다 봤으니, 내 추한 모습까지도 사랑해 주는 사람이 곁에 있다는 걸 너무 늦게 깨달았는지도 모르겠다.

시간이 지나 남편에게 물어본 적이 있다.

"오빠, 우리 사귀기 전에, 내가 술에 취해서 토하고 오빠한테 키스하고 그랬잖아. 그때 더럽고 한심하고 그러지 않았어?"

"응…. 한심하다기보다는 애는 뭣 때문에 이렇게 괴로울까, 그런 생각을 했었지."

남편은 이미 사귀기 전부터 눈에 콩깍지가 씌었던 거다. 분명.

NORIKO.

세상의 중심에서
×
사랑을 외치다

"그러다가 다른 여자가 더 좋아지면 어떡해?"
"그럼 우리 인연은 거기까지인 거야."

연애를 시작하고 꼭 1년이 지났을 무렵이었다. 우리는 서로에게 지쳐 있었고 나는 어디론가 도망가고 싶었다. 그렇게 우리는 각자의 시간을 갖기로 했다.

혼자 호주로 갔다. 호주를 택한 이유는 간단했다. 준비하기가 쉬워서. 신체검사만 받으면 워킹 홀리데이 비자가 바로 나오던 시기였다. 어학연수를 가고 싶진 않았다. 돈을 벌고 싶었다. 내가 번 돈으로 생활하고 싶었다. 호주의 한 리조트에서 일을 했다. 일이 끝나면 매일 술을 마셨다. 내 방은 리조트 직원 기숙사 건물 2층에 있었는데, 그 앞 복도에다 마신 술병을 죽 늘어놓았다.

룸메이트는 뉴질랜드에서 온 여자애였다. 나보다 한 살이 어린 그 아이의 이름은 앨리스 에어스였다. 친한 친구와 함께 일을 하러 왔고, 1년 정도 지낸 후에는 뉴질랜드로 돌아가 간호사를 할 거라 했다. 그 리조트에서 근무하는 직원은 인도, 영국, 독일, 프랑스, 일본 등 출신도 가지가지였다. 그곳은 전 세계 젊은이들이 새로운 경험을 하러 모여드는 곳이었다.

이따금 우리는 전화 통화를 했다. 남자 친구는 미팅을 했는데 재미없었다며, 내 생각만 더 났다고 했다. 나는 도무지 그 재미없는 한국 땅에 돌아가고 싶지 않았다. 아무도 모르는 붉은 모래의 대륙에서, 딩고와 캥거루가 뛰어다니는 이곳에서, 내 진짜 이름도 모르는 외국 친구들 틈에 섞여 나를 지워버리고 싶었다. 나는 뭔가에 크게 상처라도 받은 양, 혼자 비련의 주인공 행세를 했다.

그곳에서 살면서 가장 친했던 친구는 일본인 노리코였다. 거기에는 일본인도 한국인만큼이나 많았는데, 일본인과 한국인은 회사를 다니다가 그만두고 온 20대 후반이 많았다. 노리코는 나보다 다섯 살은 더 많았지만, 우리는 서로의 이름을 부르며 친하게 지냈다. 노리코는 딱히 영어 공부나 인생 경험을 쌓기 위해 이곳에 온 것이 아니었다. 아팠던 사랑의 기억을 잊고 싶어서 잘 다니던 회사를 그만두고 온 거였다.

호주에 워홀을 온 지 6개월쯤 지났을 때 남자 친구가 전화로 말했다.

"결혼하자."

그때 집 앞 복도 너머로 어스름히 석양이 지고 있었다. 눈앞에 펼쳐진 사막의 모래는 붉은색이어서, 바닥도 하늘도 온통 붉었다.

"뭘 해도 네 생각만 나. 너만 한 여자가 없어. 그러니까 한국 돌아오면, 결혼하자."

남자 친구의 프러포즈가 너무 슬퍼서 울기만 했다. 대답을 할 수 없었기 때문이었다. 결혼하면 펼쳐질 판에 박힌 삶이 싫고, 그런 삶에서 도피를 하고 싶었는지 모를 일이었다.

"남자 친구가 결혼하자고 했어."
"좋겠다. 하면 되잖아?"
"근데 잘 모르겠어. 돌아가고 싶지 않아."

노리코는 아무런 결론도 내 주지 않았다. 어쩌면 그게 가장 어른스러운 대처였는지도 모르겠다.

그곳에서 노리코는 어떤 한국인과 만나고 있었다. 그의 이름은 까먹었는데, 편의상 '존'이라고 해 두자. 그녀는 나에게 같은 한국인으로서 보기에 존은 어떤 남자냐며 물었다. 그도 그럴 것이 존은 일본어를 할 줄 몰랐고 영어가 서툴렀으며, 노리코 역시 한국말을 몰랐고 영어가 서투른 편이었다. 그곳의 한일 커플은 대개 그런 식이었다. 그래서 때로는 일본어에 능숙한 내가 중간에서 말을 전달해 주었다. 지금 생각해 보니 못 할 짓이다.

잘은 모르지만 존과 노리코는 서로 좋아했을 것이다. 아무리 외롭다고 하더라도 좋아하지도 않는데 만날 이유는 없으니까. 존은 노리코보다 먼저 그곳을 떠나기로 돼 있었다. 한국에 들어가기 전 친구들과 시드니에서 만나 호주 여행을 하기로 했다며, 같이 가지 않겠느냐고 물었다고 했다. 노리코는 그 얘기를 내게 하며 조언을 구했다.

"같이 가는 게 좋을 것 같아?"
"음, 잘 모르겠는데. 존의 친구들도 한국 남자들이니까 말도 안 통할 테고. 친구들끼리 놀고 싶은데 여자가 한 명 끼면 또 좀 눈치 보이고 그러지 않을까?"

지금도 그렇지만 나는 말하는 데 있어 도무지 필터라고는 없는 애였다. 노리코 역시 같은 점을 염려하는 것 같았다. 서로 신경 쓰다 보면 종내에는 여행도 엉망이 될 것이 뻔했다. 누구도 만족할 수 없는 동행이었다. 그녀는 존을 보내줬고 존은 친구들과 여행을 떠났다. 대신 노리코는 나와 함께 호주의 서쪽을 여행했다.

"어차피 헤어질 거였는데, 존을 따라가지 않기를 잘한 거 같아."

노리코는 프리맨틀의 노천카페에 앉아 피시앤칩스를 뒤적이며 그렇게 말했다.

우리는 거기서 헤어졌다. 나는 조금 더 남쪽으로 향했고 노리코는 북쪽으로 갔다. 종종 메일로 서로의 소식을 전했다. 노리코는 농장에서 과일을 따며 즐겁게 지낸다고 연락했다. 그곳에서 같은 일본인 남자를 만나 사귀고 있다고도 전했다.

나는 몇 달을 더 그곳에서 방황했다. 새로운 친구를 만나고 재미있는 시간을 보냈지만, 즐거우면서도 우울했다. 도망친 곳에 낙원은 없다더니 그 말이 맞았다. 아무것도 아닌 이유로 만나고 헤어지는 연인들을 보면서, 또 스쳐 지나가는 친구들을 보며 깨달은 건 내가 얼마나 행복한 사람이었나 하는 것이었다. 나는 사랑을 확인하고 싶어서 그곳에 갔던 걸가?

식어 빠진 사랑을 가지고 결혼할 수 있을까?
사랑은 화학 반응이라면서요.
그 화학 반응이 끝나면 어떻게 되는 건가요?
세상은 모르는 것투성이였다.

어느 휴일 카페에 앉아 인터넷을 하다가 문득 생각했다. 돌아가야겠다. 그리고 몇 주 후 나는 한국으로 돌아왔다. 남자 친구는 정식으로 내게 프러포즈를 했다. 그의 마음이 여전한지 알 수 없었기 때문에 프러포즈는 뜻밖이었다. 나는 또 울었다.

노리코에게 메일을 보냈다. '그때 말했던 그 남자 친구 있잖아, 결혼하기로 했어.' 노리코는 축하한다는 답장을 보내 왔다. 불타올랐던 연애 초기를 지나 삐걱대던 권태기를 지나 지금까지, 우리는 은근한 사랑의 불씨로 서로를 데우며 잘 살고 있다. 결국에는 호주에 가서 만났던 사람들과 했던 생각들과 경험이, 내 선택에 큰 영향을 줬고 좋은 선택을 하게 도와줬다고 생각한다.

노리코는 농장에서 만난 남자 친구와 함께 일본으로 돌아가 그와 결혼했다. 신종플루가 유행하던 때라 직접 가 보진 못했다. 후에는 아이도 낳았다.

"나도 이젠 완전 아줌마가 되었네."

노리코는 그렇게 말했다. 그게 마지막 메일이었다. 이제는 메일 주소도 바뀌어 버려 연락이 닿지 않는다. 찾고 싶으면 SNS를 이 잡 듯 뒤져 볼 수도 있겠지만, 그러지 않는다. 그녀는 잘 살고 있을 것 이다. 나처럼.

결혼하기로
×
결심하다

그날은 사귄 지 천 일째 되는 날이었다. 우리는 경기도의 한 펜션으로 놀러 갔다. 남자 친구는 그날 무언가 다른 것에 정신이 팔린 것처럼 보였다. 평소와는 다른 모습에 괜히 불안했다. 혹시 헤어지자는 말을 꺼내려고 그러나 싶었다. 그래서 나는 헤어지자고 해도 어쩔 수 없다고 미리 마음의 준비를 하고 있었다. 누군가의 마음이 끝났다면 그 관계는 거기까지라고 생각했다. 매달리는 데에 소질도 없었다.

펜션으로 돌아와 저녁을 먹는 중 남자 친구가 잠깐 화장실에 좀 다녀오라고 했다. 그때만 해도 영문을 몰랐다. 화장실에 갔다 나왔더니 불이 꺼져 있었다. 어둑한 가운데 촛불 하나만 켜 두고 남자 친구가 기타를 치며 노래를 불러 줬다. 난생처음 받아 보는 이벤트였다. 그는 노래를 다 부르고 나서 파란색 박스를 내밀었다.

"결혼하자."

전혀 생각지 못한 대사였다. 남자 친구는 조금 긴장했던 것 같다. 내가 거절할까 봐. 나는 울었다. 속절없이 눈물이 났다. 박스 안에는 목걸이가 있었다. 그 짧은 기다림의 시간 동안 남자 친구는 무슨 생각을 했을까?

"그래."

그로부터 1년 2개월 뒤, 화창한 4월의 봄날에 우리는 결혼을 했다.

결심은 어느 날 갑자기 서는 게 아니었다. 4년이란 시간 동안 만나며 이 사람과 함께 살아도 좋겠다는 생각이 단단해졌다. 한때 권태에 우리는 각자의 시간을 가졌고, 그 시간 동안 서로가 서로에게 최선이라 확신했다. 그 방법이 모두에게 정답은 아닐 것이다. 각자의 시간을 가지는 동안 한쪽은 확신하고 한쪽은 떠나갈 수도 있다. 하지만 우리는 아니었다. 그리고 그것이 인연이라 생각했다.

세상에는 사랑해서 결혼하기보단 결혼이 주는 안정감을 위해 결혼하는 사람도 많다. 우리 부모님은 맞선으로 만나서 3개월 만에 결혼하셨지만, 알콩달콩 잘 살고 계신다. 이제는 세상이 달라져 연애 결혼이 대세지만(아니, 비혼이 대세인가?), 내 모든 가치관에 들어맞거나 그걸 죄다 깨부술 정도로 사랑하는 사람이라면, 결혼에 대한 결심이 서지 않을까?

저울질은 나쁘다지만, 모든 선택은 저울질의 결과이다. 물론 짜장면도 먹고 싶고 짬뽕도 먹고 싶을 때 짬짜면을 시키는 방법도 있지만, 꼭 하나를 택해야 할 때도 있다. 결혼도 마찬가지다. 좀 더 중요하고 덜 중요한 것을 가려내는 것이다. 그러니까 남들이 뭐라건, 저울질은 얼마든지 해도 된다. 그들이 내 인생을 대신 살아 주는 게 아니다.

남편이 프러포즈 날 불렀던 노래는 한희정의 '우리 처음 만난 날'이었다. 그 후로 이 노래를 찾아 들어 본 적이 없었는데, 이번에 글을 쓰며 다시 들었다.

수많은 바람은 그저 우릴 멀어지게 할 뿐인걸
우리는 낯설게 느껴지는 비밀들을 밀어냈어
아아 아무도 모르지 너와 내가 나누어 가진
그 기억들 너무 소중한 날들
아무런 약속도 이런 날엔 하지 않는 게 좋겠지

가사가 프러포즈에 어울리는 곡은 아니었는데, 눈물이 나서 끝까지 듣지 못했다.

이번 생에
×
결혼은 처음이라

우르릉 쿵쿵. 블라인드가 드리운 창 너머로 우렁찬 천둥 소리가 들렸다. 나는 피부과 침대에 누워 관리사의 손길에 얼굴을 맡기고 있었다.

"밖에 비 와요?"
"아직 안 오는데, 올 거 같아요."

집에서 나올 때는 분명 날이 좋았기에 우산을 가지고 나오지 않았다. 하지만 그보다 더 걱정인 것은 당장 내일 있을 결혼식이었다. 장소가 야외였기 때문이었다.

지금이야 스몰 웨딩이나 셀프 웨딩이 흔하지만, 그때는 웨딩 플래너를 끼고 준비하는 게 일반적이었다. 주변에 결혼한 친구도 형제도 없어서 모든 걸 알아서 결정해야 했다. 결혼식인데 웨딩 앨범은 당연히 있어야겠고, 드레스를 입지 않을 수도, 메이크업을 혼자 할 수도 없었다. 게다가 그 모든 걸 혼자서 직접 계약하는 것보다 웨딩 업체를 통하는 게 훨씬 쌌다(서비스도 컸다). 일명 스드메(스튜디오, 드레스, 메이크업)다. 인터넷에서 검색해 웨딩 업체 몇 곳을 들렀다. 어떤 사람은 부케 꽃 종류까지 정해 둔다지만, 나는 꽃에 대한 취향이 전혀 없었고 결혼식에 필요한 것들에 대해서도 무지했다.

하지만 이상적인 결혼식 풍경은 있었다. 커다란 빌딩에 층마다 홀이 있어 내가 누구의 결혼식에 온 것인지도 헷갈리는 그런 결혼은 싫었다. 컨베이어 벨트 돌아가듯이 번갯불에 콩 볶아 먹듯 하는 공장식 결혼도 싫었다. 그렇다고 성당에서 결혼하고 싶지도 않았다. 가톨릭 신자는 우리 가족뿐인데, 1시간 남짓한 혼인 미사에 몸을 배배 꼬고 앉아 있을 친구들과 지인들을 생각하니 고개가 절로 돌아갔다. 신자인 나도 혼인 미사는 축의금만 내고 밥을 먹으러 후다닥 도망가기가 일쑤였으니까 (하느님 죄송합니다).

내가 원하는 건 작은 하우스 웨딩이었다. 두 시간이건 세 시간이건, 다음 결혼식 커플 걱정 없이 피로연장의 하객들과 인사를 마음껏 나누고, 같은 장소에 있는 모든 이들이 우리 결혼을 축하하러 와 준 사람들이라는 걸 의심할 필요 없는 독립적인 공간이 멋진 그런 하우스 웨딩 말이다.

하우스 웨딩 장소는 그동안 지나다니며 유심히 봐 뒀던 곳을 골랐다. 조용한 역삼동 주택가에 있는 건물로, 주택을 개조해 파티 장소로 운영하는 곳이었다. 잔디가 깔린 마당에서는 예식을, 지하가 딸린 2층 건물에서는 피로연을 가질 수 있었다. 지하에도 햇빛이 드는 베란다가 있어 분위기가 밝았고, 1층과 2층에는 너른 창문이 있어 밥을 먹으며 마당에서 열리는 예식을 볼 수도 있었다. 그리고 결혼식은 하루에 두 번(점심과 저녁 타임)만 있어서 오랜만에 만난 사람들끼리 밥을 먹고 즐겁게 이야기를 나누기 충분한 시간이었다.

식장을 둘러보고 바로 계약을 했다. 마침 식사도 내가 좋아하는 갈비탕 정식이었다. 결혼식 날짜는 우리가 직접 골랐다. 양가 부모님은 점을 믿지 않는 분들이라 길일을 생각할 필요는 없었다. 단, 5월의 한낮 야외는 더울 것 같았고 3월은 아직 쌀쌀할 것 같아서 4월 하순의 토요일로 정했다. 무엇보다 결혼식 후 일주일과 바로 다가오는 어린이날까지 포함해서 열흘 정도를 신혼여행에 할애할 수 있었다. 그렇게 우리 좋을 대로 결혼식 날짜를 정했다.

한두 달 결혼 준비를 하다가도 깨지는 커플이 부지기수인데, 우리는 식장을 계약한 시점으로부터 실제 결혼식 날까지 열 달이나 남겨 놓고 있었다. 그래도 신나기만 했다. 아무 생각이 없어서 그런지, 남편의 성격이 좋아서인지, 양가 부모님이 너그러우셔서 그런지 파혼 위기는 없었다. 결혼을 준비하면서 싸운 적도 없었다. 예물은 간소하게 했다. 결혼반지는 심플해서 평소에도 부담없이 낄 수 있는 것으로 정했다.

"난 시계는 잘 안 차니까 저렴한 것도 괜찮아. 대신 샤넬 백 하나는 사 줘."

그리고 남편에게는 좋은 시계를 사 줬다.

결혼을 열흘 앞두고 아이슬란드에서 화산이 폭발했다. 이름도 복잡한 에이야파틀라이외퀴틀 빙하 지대의 화산은 어마어마한 화산재를 분출해 유럽 전역의 공항에서 항공기 운항이 중지됐다. 이게 문제가 된 것은 우리 신혼여행지가 유럽이기 때문이었다. 매일 뉴스를 찾아보고 호텔과 항공권을 예약한 여행사에 문의도 했지만, 그들이라고 뾰족한 수가 있는 건 아니었다. 출국 이틀 전까지 항공사에서는 연락이 없었다. 여행사도 마찬가지였다. 출국일은 결혼식 다음 날인 일요일이었다. 결혼식 날에 갑자기 취소라고 연락이 오진 않겠지? 마지막까지 불안감은 가시질 않았다.

복병이 하나 더 있었다. 날씨였다. 결혼식이 예정된 그 주는 내내 날씨가 좋지 않았다. 급기야 하루 전날은 천둥과 번개까지 치며 비가 잔뜩 내렸다. 웨딩 플래너는 비가 오면 차

양을 쳐 줄 거라고 했지만, 야외 웨딩을 꿈꾸며 그렸던 그림은 당연히 아니었다. 마지막 날까지 걱정 속에 잠이 들었다.

다행히 결혼식 당일에는 너무도 날씨가 좋았다. 새파란 하늘이 그렇게 반가울 수 없었다. 하객이 정말 많이 왔다. 부모님 손님만 많을 줄 알았는데, 결혼 전에 얼굴도 못 봤던 대학 동기들도 찾아와 줬다. 그때는 정신이 없어 인사도 제대로 못 했는데, 지금 생각해 보니 참 고맙다.

결혼식장에는 차례대로 우리가 선곡한 곡이 울려 퍼졌다. 음악 소리가 좀 더 크면 좋을 텐데 싶은 생각이 들었다. 웨딩 플래너에게 살짝 물어봤지만, 주택가라서 음악을 크게 틀 수는 없다고 했다.

하지만 그 아쉬움은 퇴장곡에서 완전히 해소됐다. 퇴장곡은 트래비스의 'Closer'였는데, 음향 담당자의 실수였는지 온 마당이 쩌렁쩌렁 울리도록 컸다. 버진로드의 끝에서 장미 꽃잎이 흩날렸다. 친구들이 준비했던 장미꽃을 건네줬다. 모두가 박수를 쳤고, 프랜시스 힐리의 목소리가 울려 퍼졌다.

Closer, closer,
Lean on me now
Lean on me now

파란 하늘 아래 날리는 꽃잎이 눈부셨다. 그 위로 2009
년에 갔던 트래비스 내한 공연의 한 장면이 겹쳐 보였다.
'Closer'가 울려 퍼질 때 관객들은 종이비행기를 날렸다. 그
종이비행기는 오늘 여기서 꽃잎이 되어 있었다. 영화의 한
장면 같았다. 완벽한 날이었다.

물론 세세하게 짚어 보자면 아쉬운 점이 많았다. 몇 달간
결혼 준비를 도와줬던 웨딩 플래너는 결혼식 당일 갑자기 못
온다며 다른 사람을 보냈다. 대신 온 사람은 멀뚱멀뚱 서 있
기만 했다. 원래 전문 예식장이 아니어서 그런지 결혼식의
진행을 도와주는 직원도 거의 없어서 전시용 액자는 모서리
보호대를 떡하니 찬 상태로 손님을 맞이했으며, 하객들은 역
삼동 주택가를 헤매기도 했다. 사회를 맡은 남편의 친구는
결혼식 시작 5분 전에 겨우 도착했다. 경험도 없는데 주례
없는 결혼식을 하겠다고 설친 탓인지 진행도 영 매끄럽지 못
했다. 남편과 함께 부른 축가는 화음이 맞지 않았다. 준비한
식사가 모자라서 저녁에 있을 다른 결혼식의 음식까지 쓰는
바람에 나중에 식사를 한 사람들은 전복이 없는 갈비탕을 먹
어야 했다(우리는 전복 갈비탕을 예약했고, 저녁에 결혼하는 커플은 그
냥 갈비탕을 예약한 모양이었다). 괜히 사람들이 전문 예식장에서
결혼을 하는 게 아니구나 깨달았다.

그래도 폐백과 하객 맞이를 모두 끝내고 마당으로 내려갔

을 때, 잔디밭 위 테이블에 한복을 입고 둘러앉아 오순도순 이야기를 나누던 외가 식구들의 모습을 보고 생각했다. 아, 여기서 하길 정말 잘했다.

결혼식을 마치고 다음 날 무사히 비행기를 탔다. 다행히 화산재는 제법 걷힌 모양이었다. 비행기 안에서 피곤한 몸을 누이며 남편과 나는 결혼식에서 아쉬웠던 점에 대해 이야기했다.

"나는 신랑 입장할 때. 같은 발이랑 같은 팔이랑 나갔어. 왼발하고 왼팔이 같이 나가고 있더라."
"진짜? 나는 말이야…."

대화 끝에 이른 결론은 하나였다.

"다시 하면 아주 잘할 거 같은데."
"나도 그 생각했어."
"근데 다시 할 일은 없지."
"맞아. 하고 싶지도 않고."

그로부터 10년이 흘러 이제는 결혼식도 오래된 추억이 됐지만 여전한 생각이 있다. 다시 하면 잘할 자신이 있다고. 그러니까 여보, 20주년 즈음에 리마인드 웨딩. 콜?

너무 다른 두 사람이
함께 산다는 것

PART 2

이 미친
×
코골이

　남편은 코를 심하게 곤다. 많은 부부가 상대방의 코골이 때문에 괴로움을 겪고 있을 것이다. 내 경험으로 봐도 세 쌍 이상의 부부가 모인 자리라면 코골이를 화두로 꺼냈을 때 반드시 한 커플 이상은 '나도 그런데' 하고 손뼉을 치며 코골이로 잠들지 못하는 고통을 이야기하곤 한다.

　결혼 초에는 남편의 코골이 때문에 숱한 밤을 잠들지 못했다. 시작은 스페인 신혼여행부터였다. 남편은 베개에 머리를 대면 바로 잠들었고 세상이 떠나가라 코를 골았다. 나는 잠드는 데 별로 예민하지 않다고 생각했는데, 그 소음은 너무도 견디기 힘들었다. 호텔 룸은 피신할 곳이 없어 옆에 누워 뒤척이기만 했다. 자꾸만 본인 코골이가 심하지 않다고 하길래 동영상을 찍어서 보여 줬더니 그 후로는 수긍했다. 그래도 스스로 코골이 볼륨을 조절할 수는 없는 일이었다.

그라나다에서는 파라도르에 묵었는데, 거실과 침실이 따로 있는 아주 큰 룸이었다. 파라도르는 스페인의 국영 호텔로 고성이나 수도원을 개조한 곳이라 남다른 운치가 있는 것이 특징이다. 정말 예쁜 곳이었으나 그곳에서의 기억은 썩 아름답진 않다. 그라나다 파라도르에 묵은 날 남편이 코를 너무 골아 거실 소파에 나와 씩씩대며 잠을 청했던 것이다. 물론 잠이 올 리 없었다. 그렇게 분노에 찬 선잠을 자다 아침이 다 돼서야 깬 남편이 미안하다고 소파 옆에 무릎을 꿇는 걸로 그날은 끝났다.

그러고 또 어찌 서울에서의 1년은 비교적 순탄히 지나갔다. 당시에는 나도 회사원이었고 새벽 수영을 다니느라 피곤했던 탓인 것 같다. 문제는 강릉에서 터졌다. 남편이 강릉으로 발령을 받아 허겁지겁 집을 얻었다. 자취생을 위한 원룸 빌라가 많은 대학가 근처에 그럭저럭 깨끗한 방을 구했다. 어차피 1년만 지낼 거였고, 원룸치고는 넓어서 베란다도 있고 옷장이 있는 작은 방도 하나 딸려 있었다. 무엇보다 보러 다녔던 방들 중에서 가장 아늑하고 따뜻했다. 그건 방을 보러 갔던 당시 여대생이 아기자기하게 방을 꾸며 놓고 살고 있었기 때문이라는 걸 그때는 몰랐다.

막상 이사 간 방은 썰렁했다. 방에서 담배를 피웠는지 벽지에서는 담배 찌든 냄새가 났다. 화장실에는 자주 곰팡이

가 피었다. 볕은 잘 들었지만 어쩔 수 없이 우울했다. 남편
이 회사에 간 동안 나는 공부를 하고 음악을 들었다. 가끔은
카페에도 갔다. 남편은 외로워할 나를 위해 점심시간마다
집에 와서 같이 밥을 먹었다. 요리를 많이 했다. 그래도 즐
거웠다. 신혼이었으니까. 활동량이 적으니 밤에 누워도 잠
이 안 왔다. 남편이 자려고 옆에 누웠는데 혼자 불을 켜고 다
른 걸 할 수도 없는 노릇이었다. 원룸이었고 작은 쪽방은 창
고로 쓰는 형편이었다. 남편은 눕자마자 전쟁처럼 코를 골
았다. 나는 지나간 '무한도전'을 VOD로 보면서 잠들지 못
하는 밤을 달랬다.

참는 것도 하루이틀이었다. 도저히 코 고는 소리를 참을
수 없었던 어느 날은 이불을 들고 쪽방에 가서 누웠다. 남들
은 참다못해 집을 나간다지만, 고작 내가 한 일이라곤 옆방
에 피신하러 가는 거였다. 남들이 보기에는 별것 아닌 것 같
지만 우리 부부에겐 큰일이었다. 결혼하고도 잠은 따로 자
는 부부가 많다지만, 남편은 무슨 일이 있어도 한 침대에서
자야 한다고 고집하는 편이다. 그래서 우리에게 침대 옆자
리를 비운다는 행위는 '나 엄청나게 열 받았거든!'이라고 선
언하는 것과 다름없다. 즉 옆방에 간다는 것은 곧 집을 나가
는 행위와 비슷한 파급력을 가지는 것이다.

쪽방에 누워 있으려니 그라나다 파라도르가 생각났다.

따로 나와 불편하게 자는 내 모습을 보고 남편이 반성하길 바랐다. 쪽방 바닥은 차디찼고 분노는 사그라지지 않았고, 베란다를 넘어 들려오는 코골이 소리는 너무도 평안했다. 남편은 그날과 마찬가지로 쉽게 잠에서 깨지 않았고 역시나 아침이 돼서야 내가 없어진 걸 알았다.

남편은 미안해했고 나는 신경질을 냈지만, 사실 우리 둘다 코골이 해결을 위해 특별히 한 건 없다. 결혼을 하고 살이 쪄서 살을 빼려고 노력했고, 코골이 수술도 알아봤지만, 수술을 한다고 백 퍼센트 해결되는 문제는 아니라고 하길래 그만뒀다. 엄마는 코골이는 건강에도 좋지 않다며 입술에 테이프를 붙여 보라고 했는데(어딘가 건강 프로그램에서 본 것같다) 남편이 답답해하고 자꾸만 떨어져서 몇 번 해 보고는 관뒀다.

문제는 세월이 흐르며 자연스럽게 해결됐다. 내가 적응을 해 버린 것이다. 코골이 문제로 고통을 겪은 많은 부부들은 대개 각방이라는 결론을 맞았는데, 우리는 아니었다. 모두가 의아해했다.

"아니, 그 소리가 적응이 돼요?"

나는 자기 전에는 예민해서 시계 초침 소리나 규칙적으

로 떨어지는 물방울 소리 같은 걸 참지 못한다. 우리 집 시계는 모두 무소음이고 가끔 초침 소리가 유난한 손목시계는 멀리 둔다. 하지만 남편의 코 고는 소리는 이제 자장가처럼 들릴 정도다. 그리고 확실히 예전보다는 코를 덜 곤다. 살이 빠져서 그런 걸까?

코골이에 적응했다는 사람은 나밖에 못 봤기 때문에, 상대방의 코골이로 고통 받는 분이라면 전문가의 도움을 받거나 각방을 쓰거나. 아무튼 다른 해결책을 찾기를 바란다. 이 적응이 사랑의 힘이었냐고 묻는다면 잘 모르겠다. 나는 원래 어딜 가나 적응을 참 잘하는 사람이다. 그러니까 코골이의 적응 정도를 사랑의 잣대로 삼을 수는 없다. 사람은 누구나 다 다르니까.

저녁형 여자
×
아침형 남자

우리 집은 늦게 자고 늦게 일어나는 생활 방식을 가졌다. 7시쯤 저녁 식사를 하고 가족들은 각자의 시간을 보냈다. 아빠와 오빠는 각자 방에 틀어박혀 컴퓨터를 하거나 공부를 하거나 하고, 나는 엄마와 함께 거실에서 무릎 담요를 덮고 텔레비전을 보거나 책을 읽거나 했다. 그러다가 9시 뉴스를 보러 거실에 나온 아빠가 슬그머니 배가 고프다는 얘기를 꺼내면 그때서야 비로소 우리 가족의 진정한 저녁이 시작되는 것이었다.

그 당시 가능했던 배달 음식은 치킨과 중국집이 전부인 데다 밤 10시 정도가 되면 그마저도 문을 닫을 시간이었기 때문에, 야식은 오롯이 엄마의 몫이었다. 엄마는 요리를 잘하신다. 어린 시절 우리 집 밥상에는 종종 오향장육이 올랐고 나는 고등학생이 될 때까지도 '탕수육은 집에서 만들어 먹는 것'이라고 생각하고 있었다.

야식으로 주로 먹었던 것은 골뱅이였다. 흔히 떠올리는 고춧가루 양념을 한 매콤한 골뱅이무침이 아니라 간장 양념을 올린 담백한 골뱅이무침이었다. 소면도 양배추도 오이도 들어가지 않아 지극히 심플했다. 아빠는 그걸 술안주로 즐겨 드시곤 했는데, 어린 나는 그 옆에서 골뱅이만 쏙쏙 골라 먹었다. 어쩌면 그래서 내가 집에서 먹는 술을 좋아하는지도 모르겠다(이건 좀 자기 합리화다).

야식을 먹고 나면 시곗바늘은 열한 시를 훌쩍 넘었다. 배가 부르니 바로 누워 자기도 어려웠다. 텔레비전을 보며 소화를 시키다 보면 잠자리에 드는 건 새벽 한 시가 다 돼서였다. 그리고 일요일이면 아침 10시가 넘어서야 모두가 일어났다.

그것이 유전자에 새겨진 탓인지 어린 시절부터 단련된 탓인지는 모르겠지만, 덕분에 나는 철저히 저녁형 인간이었다. 초중고 12년 동안 학교를 지각한 적은 다섯 손가락에 꼽을 정도로 적지만, 아무리 상쾌하게 잠을 잤다 하더라도 아침에 일어나는 건 고역이었다. 머리는 멍하고 다리는 천근만근 무거웠다. 12시 전에 자고 7시에 일어나는, 이른바 세간이 일컫는 건강한 수면 습관을 지키더라도 마찬가지였다.

구준한 운동도 소용없었다. 아침은 그저 고역이었고 어른이
되어서는 카페인으로 근근이 버텼다.

반면에 남편은 철저한 아침형 인간이다. 처음 시댁에 명
절을 지내러 갔을 때 가장 당황스러웠던 점은 차례 방식이
나 차리는 음식의 차이 같은 것이 아니었다. 밤 10시만 되면
취침 모드로 들어가는 아침형 집안의 분위기였다. 자고로
온 가족이 모이는 즐거운 명절 전야에는 늦게까지 모여서
두런두런 이야기도 나누고 한국형 도박(고스톱)도 하는 것이
명절의 보편적인 풍경 아니겠는가? 그것이 바람직하건 어
쨌건, 내가 생각하는 명절의 모습이란 그런 것이었다.

남편은 아침형 집안에서 자라서 그런지 아침에 매우 일
찍 일어난다. 평일에 출근을 위해 일찍 일어나는 것은 당연
하지만 휴일에는 더 일찍 일어난다. 그러고는 텔레비전을
보거나 유튜브를 보거나 세탁기를 돌리거나 하며 아침 시간
을 보내고, 10시쯤 일어난 내가 프렌치토스트와 직접 만든
요구르트, 샐러드와 과일, 때로는 소시지와 베이컨까지 곁
들인 '호텔식 조식'을 차려 함께 먹고 나면 11시쯤 소파에
누워 꾸벅꾸벅 졸기 시작한다. 물론 한껏 늘어지게 잔 나는
한창 쌩쌩할 시간이기에 병든 닭처럼 조는 남편이 우습기
그지없었다.

그럴 거면 아예 늦잠을 자는 편이 좋지 않냐고 몇 번이나 권유해 봤지만 아무래도 안 되는 모양이었다. 나는 휴일에 일찍 일어나더라도 낮잠을 자지 않는 편이라 아침에 일찍 일어나고 낮에는 조는 남편이 처음에는 좀 이해가 되지 않았다.

그러나 10년을 함께 살다 보면 이해가 되지 않던 것도 이해하게 된다. 정확히는 이해한다기보다는 그냥 받아들이게 된다. 30년 동안의 습관을 하루아침에 바꿀 수는 없고, 무의식의 영역에 속하는 것이라면 더욱 그렇다.

그래서 저녁형 여자와 아침형 남자는 각자의 접점을 찾았냐고? 좀 분하지만 일단 아침 일찍 일어나는 편이 좋다. 하루가 길기 때문이다. 한때 저녁형 인간을 죄악시하는 분위기가 팽배해 일각의 저녁형 인간들이 나름의 항변을 적은 책을 내놓기도 했지만 솔직히 아침 일찍 일어나서 운동하고 챙겨 먹는 건강한 식사는 하루 종일 굉장한 활력을 가져다준다.

그 때문에 요즘은 일찍 일어나는 저녁형 인간이 되려 노력 중이다. 아침형 인간이 될 생각은 없다. 아마 될 수도 없을 것이다. 아침형 인간의 장점인 부지런한 활력을 갖추면서도 아름다운 밤을 만끽할 줄 아는 멋진 저녁형 인간. 세상이 잠든 밤, 오롯이 나와 음악과 눈앞의 원고만이 함께하는 시간. 그 고요하고 까만 공기는, 맛보지 않은 사람은 모르는 법이다.

　뭐든 각자의 리듬이 있다. 각자의.

夫뿡 婦뿡

자연스럽게
×
방귀를 트는 법

가끔 그런 사람이 있다. 남편 앞에서조차 풀메이크업 상태로 지내는 사람. 물론 이렇게까지 신비주의를 고수하는 사람은 잘 없지만, 신혼 때는 의외로 방귀를 트지 않는 사람이 많은 것 같다. 어떻게 해야 하나 고민하는 사람도 있고, 방귀 같은 생리 현상을 거리낌 없이 마구 표출하는 건 좋지 않다고 주장하는 이들도 있다. 남녀 사이에는 어느 정도 '신비주의'가 필요하다는 사람들이다. 물론 결혼해서 가족이되면 더 이상 '남녀 사이'라고 보긴 힘들지만 말이다. '가족끼리 무슨 키스예요?'란 말도 있지 않는가.

하지만 매일을 같이 생활하면서 자연스러운 생리 현상을 참는다는 건 굉장히 힘든 일이다. 신혼 때에는 방귀를 안으로 삭이고 그랬다. 화장실에 가서 뀌어도 소리를 막을 수는 없었다. 방귀를 튼 것은 남편이 먼저였다. 아직 그 순간의 충격을 잊을 수 없다.

여느 때처럼 나란히 앉아 텔레비전을 보고 있었다. 그동안 들어보지 못했던 소리가 난 것은 그때였다. 뿌우웅! 맑고 청명한 소리. 나는 너무 놀라서 남편의 얼굴을 쳐다봤다. 남편은 천연덕스러운 얼굴을 하고 있었다. 그 뻔뻔함이 더 놀라웠다. 실수라면 멋쩍어하는 기색이 조금이라도 있을 법한데, 전혀 그런 게 없었다.

"오빠, 뀌었어?"
"응?"

남편은 긍정도 부정도 하지 않았다. 마치 오랫동안 방귀 뀌는 걸 봐 왔으면서 이제 와서 새삼스레 왜 그러느냐는 듯한 태도였다.

"오빠, 지금 방귀 뀌어 놓고 그렇게 시치미 떼는 거야?"
"그게 왜?"

사실 방귀 뀌는 게 대단히 잘못된 행동도 아니고 딱히 냄새도 안 나서 그날은 그렇게 넘어갔다. 그래도 그 충격은 가시지 않아 10년이 다 된 지금도 어제 일처럼, 아니 오히려 어제 일보다 더 생생히 기억하고 있다. 그렇게 태연자약한 남편의 태도에 힘입어 그 후로는 나도 있는 힘을 다해 남편 앞에서 방귀를 뀌게 됐다. 소파에 누워 있는데 일부러 얼굴 에다 뀌고 도망가기도 하고, 한 손 가득 방귀를 모아 코앞에 갖다주기도 하며, 어린아이처럼 유치하게 놀고 있다. 우리 는 아무렇지 않게 서로의 앞에서 방귀를 뀌고 냄새를 평가 하고 오늘의 대변이 어떤 상태였는지를 말하지만, 화장실에 서 상대방이 볼일을 볼 때 불쑥불쑥 들어가지는 않는다. 변 기에 남편이 앉아서 뭘 하건 상관없이 바로 옆 세면대에서 양치를 하거나 세수를 하는 아내도 있는데, 우리는 그러지 않는다. 남편이 싫어하기 때문이다.

아무리 친하더라도 지켜야 할 선이 있다. 가까울수록 그 선을 지키기가 어렵다. 우리는 모두 다른 생각을 가지고 있 다. 화장실을 동시에 같이 쓸 수도 있는 남편도 있고, 그렇 지 않은 남편도 있을 것이다. 문제는 서로 다름을 인정하고 맞춰 나가야 한다는 것이다. 만약 남편이 처음으로 방귀를 뀌었을 때 내가 정색을 하며 화를 냈더라면 어떻게 됐을까? 결국에 트기는 했겠지만 남편도 무안하고 감정도 상하고 그 랬을 거다. '자기도 방귀 뀌면서 왜 그래?' 하고 삐쳤을지도 모른다. 이렇게 서로 맞춰 가는 게 부부 아닐까? 혹시나 해 서 말하지만, 남편이 나에게 맞춰 주는 게 더 많다. 이 정도 면 참으로 훈훈한 결말이다.

취향이
×
비슷한 줄 알았는데요

함께 살아가면서 취미가 비슷하다는 것은 좋은 일이다. 좋아하는 것을 함께 할 평생의 친구를 얻은 것이나 다름없기 때문이다. 우리가 아직 사귀기 전, 남편은 내 아이팟에 있는 방대한 곡 목록을 보고 반했다고 했다. 당시 내 아이팟에는 스웨이드, 뮤즈, 플라시보, 더 킬러스, 스노 패트롤, 슬로다이브, 아케이드 파이어, 소닉유스, 카메라 옵스큐라 같은 뮤지션들의 곡이 들어 있었다. 중학생 때 즐겨 들었던 레드 핫 칠리 페퍼스의 노래도 있었다. 남편은 우리가 음악 얘기를 많이 나눌 수 있을 거라고 생각했다.

사귄 첫해, 둘이서 펜타포트 록 페스티벌에 갔다. 그해는 펜타포트가 처음으로 열린 해였다. 그리고 2~3년 사이 음악 페스티벌이 우후죽순처럼 생겨났다. 그 후로도 우리는 많은 페스티벌을 함께했다. 쌈싸페도 가고 그랜드 민트 페

스티벌도 갔지만, 매년 빠지지 않고 가는 건 록 페스티벌이
었다. 그만큼 우리는 록 키드로서 잘 맞는다고 생각하고 있
었다.

결혼식 노래는 직접 골랐다. 남편이 고른 신랑 입장곡은
더 케미컬 브라더스의 'Saturate'였다. 나는 신부 입장곡으
로 스웨이드의 'The Wild Ones'를 골랐다. 담백한 어쿠스
틱 기타뿐인 전주가 끝나면 브렛 앤더슨의 깊은 저음 울림
이 매력적인 보컬이 나오는데, 정확히 이 부분에서 웨딩드
레스를 입고 버진로드를 걷는다면 멋질 것 같았다. 전반적
으로 푸른 초원을 연상시키는 곡 분위기도 야외 웨딩에 제
격이었고, 무엇보다 곡의 가사가 너무 좋다.

We'll be the wild ones
running with the dogs today

축가로는 내가 노래를 부르고 남편이 기타를 쳤다. 영
화 〈원스〉의 삽입곡으로 유명한 'Falling Slowly'였다. 스
노 패트롤의 'Chasing Cars'를 하고 싶었는데, 대중성을 생
각해서 'Falling Slowly'를 골랐다. 퇴장곡은 트래비스의
'Closer'였다. 'Closer'는 예쁜 사랑 노래다. 맑은 봄날에
이 노래를 배경으로 하객들의 축하를 받으며 걷는다면 꼭
영화의 한 장면 같지 않을까, 그런 생각을 했다. 이렇게 우

리는 음악에 유난을 떨었다. 그리고 음악 취향이 참 잘 맞는다고 여겼다.

그런데 아니었다. 점점 알면 알수록 우리의 음악 취향은 너무도 달랐다. 남편은 하드한 메탈 음악을 좋아했다. 남편이 좋아하는 뮤지션은 메탈리카와 드림시어터였는데, 나는 아무리 들어도 메탈이 좋아지지는 않았다. 나는 기본적으로 음울함을 베이스로 하는 브릿팝을 좋아했다. EDM은 남편도 나도 좋아했지만, 좀 더 서정적인 쪽이 좋았다. 남편은 그런 음악을 가리켜 '기승전결이 없다'라고 했다. 무언가 터질 것 같은데 안 터지고 끝난다는 게 남편의 평가였다.

어떤 공연에도 같이 가던 우리는 마룬5를 기점으로 따로 다니기 시작했다. MGMT, 이승열 등의 공연을 혼자서 보러 갔는데, 특히 이승열의 공연을 보러 갔을 땐 정말 같이 오지 않길 잘했다는 생각이 들었다. 좌석이 있었지만 등받이가 없어서 2시간 동안 너무 불편했기 때문이었다. 물론 좌석과는 별개로 공연 자체는 좋았다.

남편은 메탈을 좋아하지만, 음악을 매우 폭넓게 듣는 편이라 케이팝도 자주 들었다. 단순히 노래만 듣는 게 아니라 기획사 등 업계 전반을 잘 알고 있어 남편의 설명을 들으며 가요 프로그램을 보는 건 꽤 재미있었다.

반면 나는 음악을 편협하게 들어서 정말 마이너한 것만 팠다. 지금도 'Clap Your Hands Say Yeah'를 즐겨 들었다고 놀림을 받는다. 나름대로 뉴욕 신에서 유명한 밴드여서 조금 억울한 면도 있지만, 솔직히 마이너한 건 맞아서 딱히 할 말은 없다.

하지만 남편의 영향으로 초등학교 이후로 듣지 않았던 케이팝도 듣게 됐다. 방탄소년단에 빠져 열심히 콘서트를 다닌 것도 다 남편이 그들의 음악을 듣고 유튜브로 무대 영상을 보여 준 덕분이었다. 서당 개 삼 년이면 풍월을 읊는다고, 케이팝 박사와 10년을 살다 보니 2010년대부터의 가요는 제법 알게 되었다. 사실 내 인생에서 지금이 가장 최신 가요에 빠삭한 시기다.

최근에는 재즈에 빠졌다. '음악 애호가의 끝은 재즈'라는 말이 있는데, 솔직히 1년 전까지만 해도 그 말에 동의할 수 없었다. 하지만 최근 몇 달간 글을 쓰며 카페 음악으로 분류되는 곡을 많이 듣다가 재즈에 빠지고 말았다. 글을 쓰면서 듣는 재즈만큼 좋은 것은 세상에 없다! 로우파이 힙합도 자주 듣는데, 남편은 내가 로우파이 힙합을 들을 때마다 '정신이 이상해질 것 같다'라고 말한다. 친구는 '인터스텔라의 웜홀에 빠진 기분이다'라고 평했다.

세상에는 이렇게나 다양한 취향이 존재하는 법이다. 중요한 것은 각자의 다른 취향을 존중해 주는 것. 도덕 교과서 같은 이야기지만, 이게 진리라고요.

이토록 완벽한
$\times$
성격 차이

　남편은 매사에 신경을 많이 쓰는 편이다. 줄을 서는 맛집에 가면 대기 명단에 이름을 올려놓고도 몇 테이블이나 빠지는지, 우리 앞엔 몇 팀이나 남았는지, 심지어는 우리 뒤에는 몇 팀이나 더 기다리고 있는지까지 신경을 쓴다. 뒤에도 기다리는 팀이 많으면 잘 찾아온 것 같아서 안심이 된다나?

　나는 반면 느긋한 편이다. 대기 명단에 일단 이름을 쓰고 나면 이름이 불릴 때까지 전혀 신경 쓰지 않고 웹툰이나 보면서 기다린다. 밀린 웹툰을 다 보고 인터넷 뉴스도 훑고 SNS도 좀 보고 유머 글도 찾아보고 더 이상 스마트폰으로 할 게 없다 싶으면 그제야 어슬렁거리며 우리 차례는 몇 번째인지 확인한다. 생전 본 적도 없는 점원이나 가게 사장이 악의를 품고 고의로 우리 이름을 빠뜨리고 넘어갈 일은 없으므로 신경을 끈다. 하지만 남편은 아무래도 그게 안되는 모양이다. 수시로 주위를 두리번거리고 대기 장소가 가게 내부 테이블이 훤히 보이는 곳이라면 우리가 앉게 될 테이블까지 미리 체크한다. 손님들이 주로 어떤 메뉴를 먹는지, 실제 결제 금액은 얼마인지까지도 주워듣는다. 어쩌면 남편의 천직은 국정원 요원이 아닐까?

신혼여행으로 스페인 남부를 갔다. 남편은 어디선가 스페인에 소매치기가 많다는 여행 후기를 잔뜩 읽고 와서는 여행 내내 가방을 꼭 쥐고 주변을 두리번거렸다. 낯선 곳에서 주위를 경계하는 것은 나쁘지 않지만, 문제는 그 때문에 여행을 전혀 즐기지 못한다는 것이었다. 사진을 찍을 때도 남편의 얼굴은 굳어 있었고, 예쁜 풍경이고 뭐고 빨리 보고 호텔로 들어가자고만 했다. 마드리드 광장처럼 사람이 북적이는 곳이었다면 모르겠는데, 그곳은 제법 한적한 동네였다. 바캉스 시즌 전의 말라게타 해변, 론다의 골목길 같은 곳. 지나다니는 사람은 손에 꼽을 정도였고 모두가 우리의 반경 2m 내에도 들지 않았다. 도무지 소매치기를 신경 쓸 상황이 아니었다.

결국 신혼여행 사흘째, 남편은 심한 편두통을 앓았다. 상비약이라고는 소화제와 지사제 그리고 감기약이 전부였다. 살면서 단 한 번도 두통·치통·생리통에 시달려 진통제를 찾은 적이 없었기 때문에, 챙겨 올 생각조차 하지 못한 탓이었다. 문득 속 편한 삶이었구나 싶다. 그러나 진통제가 없다고 해서 남편을 그냥 내버려 둘 수는 없는 노릇이었다. 이러다간 남은 일정도 망칠 것 같았다.

나는 론다에서 제일 큰 광장에 있는 약국을 찾았다. 부전공으로 스페인어를 했지만, 기초 회화 정도밖에 기억하지 못해 '판타 나랑하(환타 오렌지 맛)', '도스 세르베사 뽀르 파보르(맥주 두 잔 주세요)'만 말하던 내게 약국에서 약을 산다는 건 큰 도전이었다. 열심히 머리를 굴려 뇌 속 어딘가 저장되어 있던 단어를 끄집어 조합했다. 지금은 스마트폰을 열고 구글 번역이나 파파고를 사용하면 얼마든지 의사소통이 가능하지만, 당시에는 해외 로밍비가 비싸 와이파이가 없는 곳에서 인터넷 검색을 한다는 건 꿈도 못 꿀 일이었다. 나는 크게 심호흡을 하고 말했다.

"올라. 메 두엘레 라 까베사, 에스뻬시알멘떼 아끼(안녕하세요. 머리가 아픈데요. 특히 여기요)."

'여기'라고 할 때 관자놀이를 손가락으로 톡톡 두들겼다. 편두통을 뭐라고 하는지 몰라 아는 단어와 몸짓을 조합한 것이었다. 약사 아주머니는 머리를 크게 끄덕이고 뭐라 말하면서 약을 꺼내 줬다. 다행히 남편은 그 약을 먹고 다음 날 씻은 듯이 나아 남은 신혼여행 일정을 무사히 소화했다. 물론 그 나머지 날들은 남편의 코골이 때문에 내가 고통을 받았지만, 그 정도쯤이야 뭐.

남편은 스페인에서의 마지막 날이 되어서야 노천카페 테이블에 앉아 맥주잔을 기울이며 고백했다.

"뭘 그리 신경을 썼을까. 사실 여기는 별로 복잡하지도 않고 한가로워서 소매치기도 없는 것 같은데…. 좀 더 여유를 가지고 다녔더라면 여행을 즐길 수 있었을 텐데 말이지. 너무 주변만 신경 쓰느라 제대로 구경도 못 한 거 같아."

나는 남은 시간이라도 즐겁게 보내자며 남편을 위로하고 오징어튀김을 입에 넣어 줬다. 맥주도 더 주문했다. 우리가 앉은 테이블은 넓지 않은 골목길에 있었는데, 몇 미터 떨어진 곳에 노숙자로 보이는 사람이 길바닥에 앉아 있었다. 노천카페가 줄지어 있는 데다 길거리 테이블에 앉은 손님도 많아서 나는 그를 크게 신경 쓰지 않았으나, 남편은 그 와중에도 노숙자에게서 경계의 끈을 놓지 않았다. 방금 전까지 '지나친 신경 씀'을 반성했던 사람 맞나 싶다. 역시 사람은 쉽게 바뀌지 않는다.

남편 덕분에 나는 소매치기를 당하거나 내려야 할 역을 놓치지도 않았다. 이렇게만 말하면 내가 너무 받기만 한 것 같지만, 내 느긋함이 남편의 조급함을 조금 완화해 줬다고 생각한다. 또 무한한 긍정 마인드라든가, 좀 더 자신을 사랑하는 방법이라든가. 여보, 맞지?

흔히들 이혼 사유로 '성격 차이'를 말하곤 한다. 서로 다른 인간인 이상 성격이 다른 건 당연하다. 다른 가정 환경에서 나고 자라 이십 년 넘게 따로 살던 두 사람이, 연애를 몇 년 한다고 해서 서로를 완벽히 이해하거나 성격을 맞출 수는 없는 일이다. 그건 결혼을 해서도 마찬가지다. 처음에는 우리가 비슷하다고 생각했는데, 4년간의 연애 끝에 결혼해서 같이 살기 시작하니 비로소 서로의 다른 점이 명확하게 보였다고 하면 어떨까? 분명한 건, 우리에게는 그 '성격 차이'가 싸움의 원인이 아니라 서로의 불완전한 점을 보완해 줄 수 있는 장점으로 작용했다는 것이다.

MBTI 검사를 해 본 적이 있다. 나는 ENTP가 나오고 남편은 ISJF가 나왔다. 놀라울 정도로 겹치는 부분이 없었다! 너무도 달라서 서로를 이해할 수 없지 않을까 생각하는 사람도 있겠지만, 나는 그렇게 생각하지 않는다. 우리 둘이 함께라면 모든 성격의 특장점이 고루 갖추어진다. 어느 하나 빠지는 게 없다. 세상에 이렇게 완벽한 반려자가 또 있을까? 우리는 정말로 꼭 들어맞는 퍼즐이다. 그러니까 성격 차이도 나쁘지 않답니다. 정말이에요.

Hey,
아까써

아가씨,
×
두근거리는 그 이름

호칭은 어렵다. 어렸을 때부터 불러 익숙한 것이 아니면 더욱 그렇다. 특히 시댁 식구들을 부르는 말은 너무 낯설어서 쉽사리 입이 떨어지지 않았다. 도련님, 아주버님, 형님, 동서 등. 그나마 다행인 것은 가족 구성원이 부모님 세대처럼 많지 않아서 어떤 호칭은 평생 부를 일이 없다는 점이다. 하지만 그중에서 가장 난관인 단어가 있다. 그것은 바로 '아가씨'다. 아가씨라니! 20세기 드라마에서나 부르던 호칭 아니던가? 가끔 중년의 아저씨가 낯선 젊은 처자를 호칭할 때 아가씨라고 부르지만, 그마저도 자주 듣는 말은 아니다. 참고로 표준국어대사전에서 이 단어의 정의는 이렇다.

1. 시집갈 나이의 여자를 이르거나 부르는 말.
2. 손아래 시누이를 이르거나 부르는 말.
3. 예전에, 미혼의 양반집 딸을 높여 이르거나 부르던 말.

현재도 큰 의미의 변화 없이 쓰이고 있는 것 같지만, 역시나 동등한 입장의 '젊은 여자'인 내가 나보다 나이가 많은 남편의 여동생을 '아가씨'라고 지칭하는 건 어쩐지 민망했다. 아가씨라는 말을 들을 나이에 누군가를 아가씨라고 부르는 건 내가 더 이상 아가씨가 아님을 인정하는 것 같았기 때문일까? 사실 사전적 의미에 따르면 난 더 이상 아가씨가 아니었다. 이미 '시집간 여자'였으니까.

만약 아빠에게 여동생이 있어서 엄마가 아가씨라는 호칭을 부르는 걸 어릴 적부터 들었다면, 좀 더 익숙해서 괜찮았을지도 모르겠다. 하지만 아빠는 두 형제 중 막내여서 엄마가 누군가를 '아가씨'라고 부를 일은 없었다. 그래도 계속 '오빠 동생'이라고 부를 수는 없는 노릇이었다. 결혼을 하면 그에 걸맞은 호칭을 구사할 줄 알아야 했다. 직접 '아가씨'라고 부를 일이 많지 않은 것은 다행이었다. 일부러 직접 부르는 걸 피하기도 했고. 주로 '아가씨'라는 단어를 쓸 때는 남편에게 그의 여동생에 대해 이야기할 때였다. 그럴 때마다 마음속으로 크게 심호흡을 하고 최대한 자연스럽게 하자며 마인드 컨트롤을 했다. 마치 사랑 고백이라도 하는 것처럼. 내게 '아가씨'라는 단어는 사랑 고백에 맞먹을 정도로 낭만적이고 지나치게 시적인 단어였다.

결혼하고 세월이 제법 흘러도 아가씨라는 호칭은 여전히

낯설었다. 왕래가 잦았다면 부르는 빈도에 비례해 익숙해졌겠지만, 명절이나 생일 같은 이벤트 때나 부르는 '아가씨'라는 호칭은 여전히 입에 붙지 않았다. 그러다 몇 년 전 포털 사이트에서 기사를 하나 읽게 됐다. '시댁 식구에 대한 불합리한 호칭 문화'에 대한 글이었는데, 시댁은 높여 부르고 처가는 높이지 않는 호칭이 성차별적이라는 내용이었다. 세상 모든 것에 성차별과 기울어진 운동장과 유리 천장을 갖다 붙이는 게 바람직하다고 생각지는 않지만, 요즘 세상에 걸맞지 않은 호칭에 거부감을 느끼는 사람이 나뿐만이 아니라는 사실에 조금은 안도감을 느꼈다. 역시 '아가씨'라는 호칭이 나만 껄끄러운 것은 아니었다. 물어봤더니 남편도 '굳이 아가씨라고 부를 필요 없다'라고 했다. 둘이서 술잔을 나누던 어느 날이었다. 몇 년 묵은 체증이 싹 내려가는 느낌이었다.

"그럼, 이제부터 '아가씨'가 아니라 그냥 '오빠 동생'이라고 불러도 돼?"
"해도 되지."

그래서 결혼 8년 차 즈음, 나는 드디어 '아가씨'라는 말을 버렸다. 대신 '오빠 동생'이라고 지칭한다. 정 없어 보이긴 해도 가장 이치에 맞는 단어다. 이제 더 이상 나는 그녀를 부를 때 사랑을 고백하기 직전의 두근거림과 민망함을 견디지 않아도 된다.

명절의
×
분위기를 사랑해

명절 특유의 나른한 분위기를 좋아했다. 외가는 7남매로 북적이지만, 친가는 아빠와 큰아버지 두 형제가 전부였고, 명절이면 언제나 큰집에 갔기 때문에 꽤 한가로운 느낌이었다. 물론 전을 부치고 명절 음식을 준비했던 엄마에게는 한가롭지 않았겠지만 말이다.

어린 내가 명절날 큰집에 가서 하는 일이라곤 오빠와 사촌 언니, 사촌 오빠와 함께 노는 것뿐이었다. 보통 만화책을 읽거나 함께 만화 영화를 보거나, 가끔은 근처 놀이터에서 놀기도 했다. 가장 재미있었던 건 사촌들의 방 구경이었다. 내 방과 우리 집에는 없는 물건을 구경하는 건 꽤 재밌었다. 그렇게 구경하다 사촌 언니가 줬던 파란색 머리핀은 아직도 기억에 남는다.

명절 전날 오빠와 나는 큰집에서 자고 부모님은 집에 돌아갔다가 다시 오시곤 했다. 그게 더 편하시다며. 그러면 또 우리는 이불을 덮고 그 속에서 밤늦게까지 속닥거리곤 했다. 어른들은 고스톱을 치고 아이들은 강정을 먹던 모습, 그게 내가 기억하는 흔한 명절 풍경이었다.

명절은 부부가 자주 다투게 되는 날이다. 왜 시댁에만 가야 하냐? 왜 음식은 여자만 하냐? 특히 네이트판 같은 곳에 올라온 시댁과의 명절 관련 갈등 이야기는 어린 나에게 공포심을 갖게 하기에 충분했다. 물론 결혼을 할 때 즈음이야 그런 건 다 잊어버렸지만. 그렇게 결혼을 하고 첫 번째 추석을 맞았다.

시댁 친척들은 모두 외국에 계셔서 시부모님과 시누이, 남편과 나뿐인 단출한 구성이었다. 추석 전날 시댁에 가서 음식을 했다. 모두가 식탁에 둘러앉아 두부와 돼지고기를 넣은 반죽을 빚어 동그랑땡을 만들었다. 시아버지와 남편은 도중에 노량진에 가서 회를 떠 왔다. 저녁은 차례 음식 몇 가지와 회를 먹었다. 잠은 시댁에서 잤다. 명절 당일에는 간단하게 차례를 지냈다.

어렸을 적 큰집에서 지냈던 차례는 천주교식이어서 기도문을 다 같이 읽었다. 외갓집은 전통 방식이라 몇 번인지 모를 절만 연거푸 했다. 시댁은 전통 방식인데 절은 적게 하는 것 같았다. 집마다 제사 지내는 방식이 다른 게 재밌었다.

명절날 점심까지 먹고 나면 그 후는 자유였다. 굳이 친정은 가지 않았다. 명절이나 경조사에 큰 의미를 두지 않는 친정 부모님은 괜히 차 막히는 날 무리해서 오지 말고 그 전이나 후에 시간이 나면 오라고 하셨다. 물론 종종 서울에 있는 나의 외갓집에 대신 가기도 했다. 외할머니는 우리 부부를 좋아하신다. 외할머니는 외모를 많이 보시기 때문이다. 우리 남편이 좀 잘생겼다.

기억에 남는 명절이 하나 있다. GTA5라는 게임이 발매된 시기였다. 시간이 많은 명절과 새로 출시된 게임은 최고의 조합이었다. 당시 나는 프리랜서여서 직장을 다니는 남편을 대신해 연휴 시작 전의 평일에 혼자 국전 한우리에 가서 GTA5를 샀다. 게임을 좋아하는 사람이라면 누구나 익숙할 가게다. 괜히 뿌듯했다. 그해 명절은 즐거웠다. 남편이 플레이하는 걸 옆에서 지켜봤는데 스토리가 있는 게임이라 미드를 보는 것 같은 흥미진진함이 있었다. 한글화가 되어 있지 않아 내가 옆에서 어설픈 번역도 해 줬다.

결혼하고 몇 해가 지나 시아버지가 돌아가시고, 이제는 더 이상 차례를 지내지 않는다. 시누이도 결혼했다. 명절은 좀 더 한가해졌다.

어렸을 때, 명절만 되면 몸이 많이 아팠다. 모든 명절에 그랬던 것은 아니었고 2번 중 1번꼴이었으니, 1년에 한 번은 아파서 큰집에 못 간 셈이다. 그럴 때는 거의 이틀을 집에서 누워 있기만 했다. 몇 학년 때인가의 담임 선생님은 '학기 중 긴장했던 몸이 휴식을 맞아 풀렸나 보다'라고 이야기하셨다. 나름 신선한 해석이어서 꽤 오랜 세월이 지난 지금도 기억하고 있다. 근데, 나는 좀 다르게 생각했다. 난 전생에 명절마다 고생했던 며느리였어서 명절만 되면 그 기억 때문에 아픈가 보다.

그 때문이었을까? 결혼한 지금도 나는 명절 시집살이를 전혀 하지 않는다. 차례 음식도 만들지 않고 잘 모르는 시댁 친척들의 간섭도 없으며 시어머니나 시누이의 등쌀은 더더욱 없다. 시댁이 서울인 덕분에 명절 고질병인 차 막힘도 겪지 않았다. 명절마다 고생했던 전생의 내가 이번 생에 보상을 받는가 보다.

명절 문제는 단순히 나나 남편, 둘만 합의해서 될 일이 아니다. 시어머니와 지방에 계신 친정 부모님의 배려 때문에 여유로운 명절이 완성되었음을 잘 알고 있다. 그래서 나는 여전히 명절의 분위기를 사랑한다. 텅 빈 테헤란로와 도산

대로를 차로 한달음에 달리는 기분. 그건 명절의 서울에서
만 맛볼 수 있는 작은 사치다.

떡볶이는 내가 만든 것보다
남편이 만든 게 더 맛있다.

밥 해 먹기의
×
지겨움

요리를 좋아했다. 사실은 먹는 것을 좋아했다. 어렸을 적 엄마가 음식을 그릇에 담아 주면 항상 오빠 것이 더 많지 않 나 흘깃거리곤 했다. 오빠는 나보다 4살이나 더 많으니까 나보다 많이 먹는 게 당연했지만, 내 것이 조금이라도 적어 보이면 심통이 났다. 나는 굉장한 식탐꾼이었다. 성인이 되 어서는 미식의 세계에 눈을 떴다. 남들이 잘 모르는 맛집을 찾아다니고 소개하는 데서 기쁨을 느꼈다. 생애 첫 직장도 미식과 여행을 다루는 잡지사였다. 누군가가 '어느 동네에 뭐가 맛있냐?'하고 물어보면 입맛과 분위기와 가격대를 고 려해 성심성의껏 가게를 추천해 주었다.

결혼을 하면서 드디어 내 주방이 생겼다. 엄마는 요리를 잘하셨고 당시에 그렇게 흔하지 않던 굴 소스나 두반장, 정향, 홀그레인 머스터드 같은 재료를 이용해 요리를 많이

해 주셨다. 그래서 당연한 것처럼 나도 냉장고에 늘 각종 소스와 향신료를 구비하고 살았다. 처음 장을 보러 갔을 때, 맛술을 사는 내게 '도대체 이런 걸 왜 사?'라고 고개를 갸웃거리던 남편도 이제는 먼저 나서서 맛술이 떨어지진 않았냐고 묻게 됐다. 어릴 적에 엄마 손 잡고 따라다니던 코스트코도 이제 남편이랑 둘이 가서 먹고 싶은 재료를 살 수 있게 됐다. 좋아하는 재료를 아낌없이 넣을 수 있었고 원하는 만큼 양껏 만들 수도 있었다. 늘 밥을 먹으며 다음 끼니를 생각했다. '다음에는 뭘 해 먹지?' 하지만 주부로서의 연차를 거듭하며 즐거웠던 요리는 괴로운 끼니 해결로 전락했다. 그 이유는 다음과 같다.

1. 해야 할 끼니가 너무 많다. 아침은 과일이나 요구르트로 간단하게 먹어도, 점심과 저녁 2끼면 일주일에 2×7=14끼, 한 달이면 60끼, 1년이면 730이다. 물론 외식도 하지만 여전히 집밥의 비중이 높다.

2. 먹는 게 늘 비슷비슷하다. 된장찌개, 김치찌개, 고등어구이, 보쌈, 제육볶음, 떡만둣국, 떡볶이, 파스타. 가끔 스테이크도 구워 먹고 햄버그도 만들어 먹지만, 그동안 먹어 왔던 메뉴에서 벗어나지 않는 음식들이다.

3. 먹는 것보다 더 큰 즐거움이 생겼다. 글을 쓰고 그림을 그린다거나, 덕질을 한다거나 하는 것들 말이다.

물론 지금도 매 끼니 맛있는 음식을 권하고, 외식 장소를 고를 때도 꽤 까다롭게 구는 편이다. 여전히 먹는 것은 큰 즐거움 중 하나지만 더 이상 매 끼니가 기대되지는 않는다.

얼마 전에는 '아내의 식탁'이라는 앱을 다운받았다. 앱을 보고 곤약꽈리고추조림을 만들었다. 옛날에는 요리책이나 이런 종류의 앱이 별 볼 일 없다고 생각했는데, 메뉴가 궁색해질수록 꼭 필요하다는 생각이 든다.

김훈 작가의 책 〈밥벌이의 지겨움〉이 떠오른다. 밥벌이도 지겹지만, 밥을 해 먹기도 지겹다. 새삼스레 엄마의 위대함을 깨우친다. 나도 아이가 있었으면 책임감과 의무감으로 좀 더 열심히 요리를 했을까? 요즘은 반찬도 아기 음식도 잘 나오니까, 어떻게든 돌파구를 찾았을 거라고만 유추해 볼 수 있다.

오늘도 엄마가 담가 준 열무김치를 꺼내 고추장에 참기름 두르고 달걀프라이를 올려 밥을 비벼 먹는다. 엄마가 없으면 이 열무김치는 누가 해 줄까? 나는 김치를 한 번도 담가 본 적이 없다. 김치 담그기를 배워야 할까 하는 생각이 든다. 어쩐지 목이 메는 것은 국물 없이 비빔밥만 꾸역꾸역 먹었기 때문만은 아닐 것이다. 엄마, 사랑해요.

설거지. 음악. 나.
Just three of us..

참을 수 없는

×

설거지의 괴로움

몇 시간 전에 설거지를 마쳤는데 어느새 또 설거짓거리가 수북이 쌓여 있다. 틀림없이 밥을 먹기 전 설거지를 했는데, 정말 미스터리다. 집에서 무언가를 먹는 이상 설거지를 피할수는 없다. 먹고 싸고 자는 게 인간이 살아가기 위해 필수적인 행위이듯 설거지 또한 정착 생활을 영위하는 현대인에게는 빼놓을 수 없는 일이다. 배달 음식을 주로 먹는 사람들도 설거지를 피할 수는 없다. 자기 수저를 쓰는 경우가 많기 때문이다. 표백제 범벅인 나무젓가락은 몸에 해롭다. 게다가 오래되어 세균에 감염된 나무젓가락을 쓰면 사망할 수도 있다(KBS 이승 탈출, 아니 〈위기 탈출 넘버원〉 437회를 참고하자).

결혼해서 살림을 하다 보면 각종 집안일을 마주하게 된다. 그중 하나가 설거지다. 빨래도 청소도 끊임없이 해야 하는 건 맞지만 설거지만큼 자주 하지 않는다. 맘먹고 요리를 한 날에는 울고 싶을 정도로 설거짓거리가 쌓인다. 아니, 굳이 마음을 먹지 않더라도 찌개에 반찬 몇 가지여도 금세 설거짓거리가 한가득이다. 그래서 엄마는 요리하는 틈틈이 쉬지 않고 설거지를 해서 싱크대를 비우는 기술을 전수해 줬다. 설거짓거리가 줄어들긴 하지만 그렇다고 사라지진 않는다. 먹고 난 후의 그릇과 수저는 어쩔 수 없기 때문이다. 하지만 보통은 쓸 냄비나 수저가 없을 때까지 미뤘다가 하곤 한다. 그러면 설거지만 삼십 분씩 한다. 여러모로 비효율적이다.

그토록 좋아하지 않는(그렇다고 싫어하는 건 아니다) 설거지를 비교적 수월하게 하기 위해서는 몇 가지 필요한 것이 있다.

1. 좋아하는 음악
2. 음악을 틀 스피커
3. 노래를 따라 부를 목청

좋아하는 노래를 따라 부르다 보면 어느새 설거지가 뚝딱 끝나 있다. 드라마나 영상 같은 건 별로다. 운전할 때 텔레비전 보면 안 되는 거랑 똑같다.

설거지를 가능한 한 미루는 편이지만, 여행을 가기 전에는 그렇지 않다. 여행을 가기 전에는 설거지도 하고 청소도 하고 이불 정리도 한다. 몇 년 전만 해도 여행 전에는 그 준비만으로도 바빠서 집안을 개판 오 분 전으로 만들어 놓고 떠났었는데, 일본 배우 카타기리 하이리가 쓴 〈나의 핀란드 여행〉을 읽고 나서 달라졌다. 그녀는 여행을 떠나기 전에 항상 집안을 깨끗하게 청소하고 정리한다고 한다. 혹시나 여행지에서 무슨 일이 생겨 누군가 그녀 없는 빈집을 찾게 되면 "이런 예감을 했던 걸까요?" 하는 대화를 나눌지도 모른다고, 그녀는 책에서 썼다. 물론 그녀가 집을 청소하는 이유가 '불의의 사고로 죽더라도 나중에 찾아오게 될 사람을 위해서'는 아니었다. 지금 그 이유는 기억나지 않는다.

아무튼 그녀의 말이 굉장히 인상적이어서, 여행을 떠나기 전에는 항상 집을 깨끗이 하고 간다. 깨끗한 집에 돌아오면 기분이 매우 좋다. 그래서 아무리 바빠도 눈에 띄는 곳만이라도 청소하고 정리한다. 며칠씩 집을 비우면 물에 담가 놓은 접시도 오랫동안 방치되니 설거지는 꼭 다 해 놓고 간다. 그때는 곧 떠날 여행의 설렘으로 귀찮음도 잊는다. 그러고 보면, 설거지를 수월하게 하기 위해서는 여행을 떠나는 게 가장 좋은 방법인지도 모르겠다. 이런 걸 '본말전도'라고 하던가?

어쨌든 엄마는 대단하다. 이 모든 집안일을 티 내지 않고 했다니! 나는 걸레질이라도 한 날이면 남편에게 자랑하지 않고는 견딜 수가 없는데 말이다.

청소는
×
즐거워

청소를 즐기지 않는다. 청소를 좋아하는 사람이 누가 있겠냐고 반문할 수도 있겠지만, 세상엔 분명히 청소를 좋아하는 사람도 존재한다. 냉장고 안 음료수를 각 맞춰 줄 세우고 소파 위의 먼지 한 톨 허용하지 않는 사람도 있지 않은가. 어쩌면 그건 강박증에 가까울지 모르겠지만 말이다. 아무튼 나는 즐기지 않을 뿐이지 싫어하지는 않는다. 깨끗하게 정리된 집안을 보면 마음도 흐뭇해지고, 일에 집중도 잘 된다.

대개 청소는 가장 싫어하는 걸 먼저 소거함으로써 시작된다. 내 경우에는 먼지다. 두껍게 쌓인 먼지를 혐오한다. 특히 싫어하는 건 조명 레일 위나 전등갓 위처럼 높은 곳의 두꺼운 먼지다. 그래서 식당이나 가게를 가면 가장 먼저 구석진 곳을 보게 된다. 창틀, 조명 위, 벽을 타고 지나가는 전깃줄. 요즘은 레일 조명을 많이 쓰고 있어 체크해야 할 곳이 늘었다.

높은 곳에 먼지가 두껍게 쌓여 있으면 신경이 쓰여 밥을 먹으면서도 저 먼지가 갑자기 툭, 아래로 떨어지지는 않을까 생각하게 된다. 물론 그런 먼지는 대부분 오랜 세월 기름때와 함께 엉겨 붙어 있어 쉽게 떨어지지 않는다. 아마 가벼운 지진이 와서 찬장의 유리컵은 다 떨어져 깨지더라도 기름때가 엉겨 붙은 먼지만은 굳건히 제자리에 붙어 있을 거다. 이런 종류의 먼지가 쌓이는 곳은 사람이 많이 드나들고 계속 요리를 하는 영업장인 경우가 많아 가정집에서는 쉬이 찾아볼 수 없다. 애초에 그렇게 높은 천장을 가진 가정집도 드물다. 참으로 다행이다.

먼지를 싫어하는 만큼 걸레질도 싫어한다. 그래서 먼지가 쌓여 군락을 이루기 전에 털어 낸다. 이런 먼지는 정전기 방식의 털 달린 먼지떨이로도 충분하지만, 주방 조명 위는 먼지떨이로는 닦아 낼 수 없다. 알게 모르게 쌓인 기름때 때문에 박박 문질러 닦아야 한다. 귀찮지만 주기적으로 청소하지 않으면 혐오하는 두꺼운 먼지층이 기름과 응집돼 어느 날 머리 위에서 나를 내려다보고 있게 될 것이다. 상상만 해도 소름이 끼친다.

매일은 못 해도 일주일에 두세 번은 먼지를 털어 낸다. 창문을 활짝 열어 놓고 먼지를 가볍게 툭툭 털어 낸 다음 바닥 청소를 한다. 청소기를 돌리고 걸레질을 한다. 걸레질은 로

봇 청소기 담당이다. 물을 채우고 기능에 맞는 걸레를 아래에 끼워 전원 버튼을 누르면 주변을 탐색해 돌아다니며 물을 내뿜고 열심히 닦는다. 사람 손으로 하는 것보단 못하지만, 침대 밑까지 다 닦아 주는 데다 그동안 다른 일을 할 수 있으니 참 요긴한 녀석이다.

남편은 화장실 청소 담당이다. 신혼 때부터 지금까지 변함이 없다. 화장실 2개를 거실과 방과 부엌과 비교하자면 당연히 화장실 면적이 훨씬 좁지만, 타일도 닦고 변기와 세면대와 욕조도 닦아야 하니까 집중적으로 할 일이 많은 셈이다. 게다가 변기는 어쩐지 손을 대기 꺼려진다. 하지만 알고 보면 변기가 가장 깨끗하지 않던가! '냉장고가 변기보다 더러워', '스마트폰이 변기보다 10배 더러워', '핸드백이 변기보다 더럽다' 등등. 뉴스 기사에 자주 봤던 헤드라인들이 이를 증명한다. 그래도 변기가 아무리 깨끗하다 한들 변기 닦는 일은 아주 유쾌한 일은 아니다. 그러므로 면적에 대한 불평은 안 하기로 했다.

당번을 정하고 청소하는 부부도 많다. 집안일 리스트를 만들어 화요일 설거지는 누가, 수요일 쓰레기 버리기는 누가 하는지 정하는 식이다. 이렇게 정해 놓지 않으면 '참지 못하는 쪽'이 자연스레 집안일을 더 많이 하게 되므로 불만이 쌓이고 말 테니, 업무 분장은 상당히 효과적인 방식인 것 같

다. 처음에는 우리도 당번 정하기를 고려해 봤으나 그만뒀
다. 집에서조차 회사처럼 업무를 나눠 '꼭 그날 해야 된다'
라고 정하는 게 싫었다. 하기 싫은 건 최대한 미루고 싶었
다. 쓰레기는 먼저 발견한 사람이 치우면 된다. 상대방이 움
직이면 그때 나도 청소를 하거나 다른 집안일을 하면 된다.
내가 싫어하는 일은 남도 싫어한다. 열심히 청소기를 돌리
고 있는데, 남편이 소파에 누워 배를 긁적이며 텔레비전을
보고 있으면 괜스레 화딱지가 나지 않는가? 역지사지, 남의
입장에서 먼저 생각해 보고 행동하면 서운함이 덜 생긴다.

다행히 남편은 내가 바지런히 움직이는 걸 가만히 지켜
보지 못하는 성미라, 토요일 아침에 가끔 걸레질을 하거나
설거지를 하고 있으면 슬그머니 일어나 빨래를 갠다. 그래
서 나는 남편에게 달콤한 휴일 아침을 선사하기 위해 늘어
지게 늦잠을 잔다(이건 절대 저녁형 인간의 변명이 아니다). 일찍부
터 일어나 집안일을 한다고 부지런히 움직였다간 남편도 편
안히 소파에 누워 쉬지 못할 테니까.

이런 내 깊은 배려에도 불구하고 아침형 인간인 남편은
혼자 아침 일찍 일어나 세탁기도 돌리고 빨래도 건다. 처
음에는 늦잠도 좀 자고 쉬라고 했지만, 아무래도 남편은 그
게 안 되는 모양이다. 사실 남편은 빨래하는 걸 좋아한다.
오늘은 어떤 세제와 섬유유연제로 빨래를 돌릴까 생각하는

게 정말 좋단다. 참으로 바람직한 취미다.

청소란 귀찮지만 좋은 것이다. 그래도 청소가 즐거워지지는 않는다. 그런데 왜 제목이 '청소는 즐거워'냐고? 이렇게 써 놓으면 청소가 좀 즐거워질까 해서 붙여 봤다. 왜, 말에는 힘이 있다고 하지 않는가. 정말로 청소가 즐거워졌는지, 후기는 나중에 전하도록 하겠다.

초대받지 않은
×
검은 손님

　살아가면서 집안에 오로지 살아 움직이는 것이라고는 남편과 나, 이렇게 둘뿐이면 참으로 좋겠지만, 세상사는 그렇게 뜻대로 되지 않는 법이다. 가끔 집에 찾아오는 초대받지 않은 손님이 있다. '바'로 시작하는 네 글자. 그렇다, 바퀴벌레다. 남편은 바퀴벌레를 비롯한 벌레 종류를 끔찍하게 싫어한다. 세상 어느 누가 바퀴벌레를 좋아하겠냐마는, 남편은 유독 그 검은 아이를 싫어한다. 때문에 가끔 집에 출몰하는 바퀴벌레는 내가 잡는다.

　나는 벌레를 잘 때려잡는 편이다. 어린 시절부터 모기에 시달려 온 탓에 모기는 맨손으로도 잘 잡는다. 다녔던 고등학교는 건물 뒤가 산이어서 여름밤이면 모기가 들끓었는데, 아이들은 야자 시간에 때려잡은 모기를 스카치테이프로 교실 벽에 붙여 놓곤 했다. 물론 나는 모기 사체를 표본하는 취미는 없어서 조용히 휴지에 싸서 버렸지만, 그런 아이들도 있었다. 그야말로 '경악스러운_여고의_실체.txt'다.

　모기 잡는 실력은 대학생 때 일취월장했는데, 자려고 눕기만 하면 모기가 귓가에서 앵앵거려 숱한 밤잠을 설치며 모기를 잡았다. 무엇보다 방에 파리채가 없어 무조건 모기는 손으로 잡았다. 그렇게 단련된 덕분인지 파리채보다 맨손으로 더 잘 잡는다. 하지만 역시 그런 나도 바퀴벌레는 손으로 잡지 못한다. 이따금 바퀴벌레가 더듬이를 움직이며 거실에 출몰하면 두꺼운 잡지 같은 걸 이용해 압사시켜 버렸다. 바퀴벌레를 터뜨려 죽이면 세균이 어쩌고 바퀴 알이 어쩌고 하지만 별수 없다. 그 외의 잡는 법은 내가 할 수 없는 영역에 속해 있다.

　신혼 때부터 8년 가까이 살았던 아파트는 서울 도심과 가까우면서도 조용해 아주 좋은 곳이었다. 다만 지은 지 20년이 넘은 탓에 가끔 바퀴벌레가 나타나곤 했다. 게다가 평일에만 가구별 정기 소독을 해 줘서 우리 부부가 모두 직장생활을 했던 마지막 4년은 거의 소독을 하지 못해 그런지 제법 자주 출몰했다.

　사건이 일어난 것은 어느 주말이었다. 야구장에 가기 위해 외출 준비를 하고 있던 우리는 방에서 거대한 바퀴벌레를 발견했다. 더듬이까지 합치면 길이가 거의 내 손바닥만큼은 될 것 같았다(내 손은 웬만한 성인 남자 수준으로 크다). 벽 한가운데 있어도 섣불리 다가가기 힘들었을 텐데, 그 녀석은 창문과 천장 사이, 커튼을 달기 위해 만든 우묵한 틈 사이에 납작하게 붙어 있었다. 그놈을 잡으려면 손으로 움켜쥐거나, 넓은 곳으로 마구 몰아내어 때려잡아야 할 판이었다. 손으로 잡는 건 까무러쳐도 못 할 짓이었고, 후자 역시 방향을 바꿔 내게 다가오기라도 한다면…. 어느 쪽도 엄두가 나지 않았다. 우리는 잠시 그놈을 바라보다 조용히 방문을 닫았다.

"나갔다 오면 가고 없을 거야…."
"응…."

어차피 바퀴벌레는 아파트 곳곳에 숨어 있을 터였다. 바퀴벌레 한 마리가 발견되면 그 집에는 수백 마리의 바퀴벌레가 있다던가. 아무튼 돌아오면 제집으로 돌아가든 다른 집으로 가든 할 것이었다. 우리는 그렇게 현실로부터 허겁지겁 도망쳤다.

약 5시간 후, 귀가한 우리는 놀라운 광경을 목격했다. 그놈이 단 한 발자국도 움직이지 않고 그 자리에 있는 것이 아닌가! 혹시 죽었나 싶어 유심히 살펴봤지만 그놈의 더듬이가 미세하게 움직이고 있었다. 욕이 절로 나왔다. 우리는 그놈을 위해 충분한 시간을 주었다. 가족이 기다리고 있을 집에 돌아갈 수 있도록 털끝 하나 건드리지 않았다. 그러나 그놈은 돌아가지 않았다. 방법은 하나였다.

"전화하자."

5분도 걸리지 않아 초인종이 울렸다. 3, 40대로 보이는 건장한 남자였다. 그는 뭐든지 다 해 준다는 심부름 대행업체 직원이었다.

"안녕하세요. 무슨 일로 부르셨죠?"
"저, 저기 바퀴벌레 좀 잡아 주세요."

남자는 당황하는 기색도 없이 방으로 가 바퀴벌레의 상태를 확인하더니 비닐봉지를 달라고 했다. 나는 얼른 검은 비닐봉지를 찾아서 건넸다. 남자는 맨손으로 바퀴벌레를 잡더니 그대로 비닐봉지에 넣어 버렸다. 그 광경을 몇 걸음 떨어져 지켜보던 우리는 헉하고 숨을 삼켰다. 장갑을 끼고는 있었지만, 손가락이 다 드러나는 장갑이었다. 하지만 남자의 손은 거침이 없었다. 혹여나 그놈이 바퀴벌레 특유의 민첩함을 발휘해 도망칠까 염려했지만, 여섯 시간 가까이 같은 자리에 붙어 있어 힘이 빠졌던 탓인지 맥없이 잡혀 버렸다. 남자는 바퀴벌레가 담긴 검은 비닐봉지를 꼭 묶어 잡았다.

"어, 얼마죠?"

"만오천 원입니다."

남자는 3분도 걸리지 않아 만오천 원과 바퀴벌레를 손에 쥐고 유유히 사라졌다.

"만오천 원이면 그래도 이용할 만하다. 그렇지?"

"그래. 5분도 안 걸려서 만오천 원 벌고 또 다음 일 받는 게 저 사람도 이득일 거야."

우리는 이런 대화를 주고받으며 바퀴벌레 한 마리에 만오천 원이라는 돈을 쓴 것을 합리화했다. 다행히 심부름 대행업체를 이용하는 것은 이것이 처음이자 마지막이 되었다.

지금은 좀 더 깨끗하게 관리되고 있는 아파트로 이사를 왔고, 정기 소독도 꼬박꼬박 받고 있어 여기서 바퀴벌레와 조우한 일은 없다. 이따금 이름 모를 곤충이 베란다에 자빠져 있지만 괜찮다. 바퀴벌레가 아니니까. 몇 번인가 베란다에 말라 죽은 벌레를 남편 몰래 치운 적이 있다. 벌레를 싫어하는 남편이 보면 기겁을 하기 때문이다. 근데 알고 보니 남편도 내가 싫어할까 봐 나 몰래 벌레를 버린 적이 있단다. 그 사실을 알고 나서 우리는 얼굴을 마주 보고 깔깔 웃었다. 우리 부부, 이렇게 서로에 대한 배려심이 대단하다.

우리는 딩크일까요?

PART 3

못 낳는 거예요,
×
안 낳는 거예요?

30대가 넘어가면 누군가를 처음 만날 때 반드시 거치게
되는 통과 의례 같은 질문이 있다. 바로 '결혼했어요?'라는
질문이다. 만약 결혼을 했다고 하면 그다음 질문은 자녀의
유무다.

지인 중에는 미혼인데 결혼을 했다고 거짓말을 하는 사
람이 몇 있다. 마흔이 넘었는데도 결혼을 안 했다고 하면 '왜
안 했어요?'라고 시작해서 '그래도 해야지', '늙으면 외로
워', '좋은 사람 있는데 소개해 줄까?' 하는 쓸데없는 오지랖
까지 이어지기 일쑤다. 거기서 그치면 양반이다. '성격이 이
상해서 결혼을 못 한 거'라며 뒤에서 수군거리는 사람들도
있기 때문이다. 실제로 그런 사람들은 꽤 많다. 그래서 지인
A는 '결혼했고 아들 하나, 딸 하나가 있다'라는 꽤 구체적인

답변을 한다. 아이가 하나만 있다고 하면 둘은 있어야, 남자 아이가 있다고 하면 딸이 있어야, 딸이 있으면 그래도 아들은 있어야 한다는 식의 참견으로 이어지기 때문이다. 아들도 있고 딸도 있다고 하면 아예 그 모든 참견을 원천 봉쇄할 수 있다. 생각해 보면 참으로 완벽한 답변이다.

어렸을 때 무라카미 하루키의 책을 많이 읽었다. 가볍게 잘 읽히는 그의 에세이를 좋아했는데, 그는 종종 무해한 거짓말을 한다고 했다. 귀찮을 것 같은 상황에서 거짓으로 답변을 하는 것이다. 구체적으로 어떤 이야기인지 자세히 기억나지 않지만, 예를 들자면 이런 식이다. 누군가 '회사에 다니시나요?'라고 물어오면 '네' 하고 대답한다. 실제로는 회사에 다니지 않지만, '아니요'라는 답변에 이어질 질문과 뒤따라야 할 설명이 귀찮아서 대충 긍정하는 것이다. 어렸을 때는 이해가 되지 않았다. 왜 굳이 거짓말을 하지? 그냥 사실대로 얘기하는 게 편하잖아? 왜 굳이 그런 오해를 만드는 거지?

나이가 드니까 그가 이해되기 시작했다. '20대 때 무라카미 하루키에게 빠져 있지 않으면 바보고 30대가 돼서도 무라카미 하루키에게 빠져 있으면 바보'라는 말을 누가 했는데, 그가 에세이에서 했던 어떤 말들은 30대가 되어서야 비로소 이해가 된다. 나이가 들수록 남을 설득시키는 것은 어렵고 귀찮다. 때론 그냥 입을 다무는 것이 속 편하다.

나는 새로운 사람을 만나거나 모임에 나가는 걸 좋아하지만 입을 꾹 다물고 있을 때가 있는데, 이런 경우 몇 가지 이유가 있다.

첫째, 굳이 내가 말하지 않아도 발언자들이 많을 때다. 의견이 난립하는 상황에서 딱히 새로운 주장을 내세우고 싶지 않아서 아무 말도 하지 않는다. 둘째, 말할 기력이 없어서다. 말하기는 매우 많은 체력을 필요로 한다. 셋째, 의견이 다를 때다. 현재 토론 주제와 큰 관련이 없고 상대방의 기본 사고방식이 나와 다를 때 '어? 나는 아닌데?'라고 내 의견을 말하기보다는 입을 다무는 쪽을 택한다. 구구절절 설명하지 않아도 돼 편하다. 이 경우 두 번째 이유인 '말할 기력 없음'과 맞물리는 경우가 종종 있다.

그건 그렇고 아무튼 나는 자녀가 없으므로 정직하게 '없습니다'라고 말한다. 얼마 전 소속된 어느 문화 예술 단체에 신규 회원이 들어와서 식사 자리를 가졌다. 식사가 나오기 전의 어색한 분위기에서 그는 나에게 물었다.

"아이 있어요?"
"아뇨."
"결혼한 지는 얼마나 되셨어요?"
"10년요."

5초 정도 침묵이 이어졌다.

숫자로 써 놓고 보면 별것 아닌 거 같지만 7명이 모인 자리에서 5초간의 침묵은 꽤 긴 시간이다. 그는 아마 내가 결혼한 지 길어 봤자 1~2년 됐을 거라고 생각한 모양이었다. 그러면 '아이가 곧 생기겠네요' 정도의 답변을 할 예정이었을 것이다.

하지만 예상치 못한 내 긴 결혼 생활은 다음 말을 잃게 했다. 먼저 침묵을 깬 것은 그였다. 그는 이제 막 고등학교에 입학한 큰아들 자랑을 하기 시작했다. 나는 고개를 끄덕이며 대단하다고 맞장구를 쳤다. 그러고는 이 침묵이 끝난 것에 마음속으로 안도했다. 어쨌든 결론은 본인의 아들 자랑이었을 것이다. 그는 내 아이의 유무에는 하등 관심이 없었고, 그저 자연스럽게 아이 얘기를 꺼낸 다음 본인 아들 자랑으로 슬쩍 넘어가고 싶었을 것이다. 과연 자랑할 만한 화려한 경력을 가진 아이였다. 나라도 그런 아들이 있다면 자랑하고 싶어 좀이 쑤셨을 것이다. 과연 나는 앞으로 아들을 자랑할 일이 있을까? 모를 일이다.

질문은 결국 본인의 관심사에서 비롯한다. 아이스 브레이킹용 질문도 있지만, 대부분 그렇다. 그러니까 대화가 이어질 수 있도록 미리 준비해야겠다. 앞으로 결혼 이력과 아이의 유무에 대한 질문에는 이렇게 답변하려 한다.

"결혼한 지 10년 됐는데, 아이는 아직 없어요. 생기면 낳고 아니면 말려고요. 근데, 댁의 자녀분은 어떻게 되시나요?"

아이를
×
싫어하는데요

나는 제법 독실한 천주교 신자다. 매주 주일 미사에 빠지지 않고, 식사 전에는 꼭 성호경을 긋고 식사 전 기도를 드린다. 정말 사소하고 '독실하다'라고 말하기에도 민망한 행위들이지만, 주변의 많은 신자들이 성당도 잘 안 나가고 식사 전 기도도 하지 않는다. 그리고 내가 식사 전 기도를 위해 성호경을 그으면 꼭 누군가가 이렇게 말을 걸어 온다.

"어, 성당 다니세요? 저도 성당 다녔었는데."

신기하게도 그런 사람이 테이블에 한 명은 꼭 있었다. 어렸을 때 세례를 받고 성당을 다녔지만, 나이가 들며 다니지 않게 되었다거나, 결혼을 하며 부부끼리 종교가 달라 멀어졌다거나, 본인이 아니면 본인 가족 중 누군가가 성당을 다니거나 하는 식이었다.

미사를 매주 나가지만 딱히 신자들과 교류를 하진 않는다. 미사를 드리고 누가 붙잡을세라 후다닥 빠져나오는 식이다. 그날도 그랬다. 아직 결혼하기 전이었는데, 미사를 보고 부리나케 나오는 나를 누군가 불러세웠다.

"초등부 교리 교사 모집 중입니다! 해 보시지 않겠어요?"

성당에서는 이런 풍경이 흔하다. 나처럼 수줍은 신자들이 많고 열심히 활동하는 신자는 정해져 있어 그들은 미사후 불을 켜고 뉴페이스를 찾는다. 활동을 위한 뉴페이스 말이다. 성당에는 일반 신자들(평신도라고 부른다)이 할 일이 많이 있다. 작게는 본당 청소 같은 일부터 성가대, 유치부부터 고등부까지의 교리 교사 등이다. 가끔 수고비를 챙겨 주는 직책도 있지만, 대부분은 무료 봉사다. 무료 봉사는 좋아하지만, 교리 교사는 아니었다. 차라리 성가대라면 사람들 틈바구니에 묻혀 적당히 노래할 수 있는데, 교리 교사는 한 반을 책임져야 하는 자리다. 적게는 열 명 내외에서 많게는 약서른 명의 시선을 한몸에 받아야 한다. 게다가 초등부, 한때온갖 짓궂은 장난과 자잘한 말썽을 일삼던 동급생들은 모두초등학생이었다. 겨드랑이에 땀이 배었다. 도무지 그런 애들은 내가 감당할 수 있는 수준이 아니었다. 지금이야 몰라도 당시 나는 스물넷이었다.

"아이들을 싫어해서요. 안 되겠어요."

단호한 거절에 그도 더 무어라 권유하지 못하고 물러섰다. 이 자랑스러운 이야기를 엄마에게 했더니 엄마는 혀를 찼다.

"뭐 하러 그런 말을 해. 그냥 바쁘다고 하지."
"아니, 진짜로 애를 싫어하는데."
"그래도 다른 핑계도 있잖아."
"그건 거짓말이잖아. 거짓말보다 낫지."
"거짓말이라기보다는 둥글게 둥글게 말하는 거지, 아무튼 이런 거 보면 아빠랑 똑같다니깐."

그렇게 '기-승-전-아빠 닮음'으로 대화가 종료됐다. 그랬다. 나는 아이가 싫었다. 아무것도 모른다는 얼굴을 하고선 순진한 눈망울을 빛내며 누군가의 마음에 비수를 꽂는 말을 천진하게 하는 아이들이 싫었다. 어른은 골라서 말을 할 줄 알지만 아이들에게는 필터가 없었다. 애들은 순수하게 예쁘고 잘생긴 사람을 좋아했다. 못생기고 뚱뚱하면 싫어했다. 싫으면 싫다고 말했고, 좋으면 좋다고 말했다. 아이들의 직설적인 언행이 불편했다.

아이들을 어떻게 대해야 할지도 알 수 없었다. 대체 뭘 재

믾어하고 뭘 하기 싫어하는지 몰랐다. 엄마는 7남매 중 첫째라 내겐 이종사촌 동생들이 많았는데, 어렸을 때는 곧잘 어울려 놀았지만 중학생이 되면서부터는 그 애들과 어떻게 놀아야 할지 알 수 없게 됐다. 어릴 적 하던 놀이들은 시시했고 사촌 동생들보다 또래 친구나 언니들과 노는 게 더 재밌었다. 그렇게 점점 아이를 대하는 법을 잊어버렸다. 불편하고 어색하다 보니 피하고, 더욱 대처법을 알 수 없게 되는 악순환이었다.

아이가 귀엽다고 생각하기 시작한 건 서른이 넘어서였다. 나보다 늦게 결혼한 친구들이 아이를 하나둘 낳던 영향은 아니었다. 못생긴 애는 도무지 귀엽다는 말이 쉽사리 나오지 않았다. 물론 나는 어른이니까 귀엽다는 말을 인사치레로 하곤 했다. 도무지 귀엽다는 말조차 안 나오면 엄마 아빠와 닮은 부분을 필사적으로 찾았다. 그건 아마도 부모에게는 칭찬일 것이었다. 자기들의 유전자를 물려받아 어느 한 곳을 쏙 빼다 박은 아이의 모습을 제삼자가 콕 집어 이야기해 주는 것은. 그렇게 숱한 위기를 넘겼다.

귀여운 애들은 귀여웠다. 유치부와 초등 저학년 학생을 대상으로 그림책 만들기 수업을 진행한 적이 있는데, 어린 나이에도 자기만의 작품 세계가 확실한 아이도 있었고 끊임없이 기발한 이야기를 하고 싶어 하는 아이들도 있었다. 물론 개중에는 말을 지겹게 안 듣는 아이도 있었다.

가까이서 겪어 보니 아이들은 순수했다. 너무 순수해서 겉치레를 할 줄 모르는 걸, 예의가 없다고 오해하고 있었다. 아이들은 눈치가 빨라서 누가 저를 좋아하는지 싫어하는지, 화가 났는지 안 났는지를 귀신같이 알았다. 아이들의 기행은 모두 어른의 잘못이었다. 소리 지르고 뛰어다니는 아이들은 어른의 관심을 필요로 했다. 그들에겐 잘못이 없었다.

회사를 그만두고 작가 일과 극단 일을 하면서 아이들을 대상으로 수업을 할 기회도 많아졌다. 아직 멀었지만 아이를 다루는 법도 제법 터득했고, 덕분에 20대 때 가졌던 어색함과 불편함은 많이 사라졌다. 그래서 이제 아이가 좋아졌냐고? 글쎄, 아직도 나에게 아이는 가까이하기에는 너무 먼 존재다. 내 아이가 있다면 좀 달라질지 모르겠지만, 아직은 우리 집의 큰아들(A.K.A. 남편)만으로도 충분한 삶을 살고 있다.

우유 먼저

김치국
천냥

이번 김칫국은
×
시즌 몇 호입니까?

　잠을 너무 많이 자는 때가 있다. 하루 열 시간 이상, 사흘 내리 그렇게 잠을 자고 나면 약간의 자괴감에 앞서 드는 생각이 있다.

　"혹시 임신인가?"

　한때는 며칠 동안 아침 식사 후 비타민을 먹고 헛구역질을 심하게 한 적이 있었다. 어지럽고 속이 메스꺼워 참을 수 없었다. 그때 생각했다.

　"혹시 임신인가?"

　잘 먹지도 않던 과일이나 단 것, 혹은 갑자기 어떤 음식이 맹렬히 먹고 싶을 때가 있다. 특히 고기처럼 그다지 좋아하지 않는 음식이라면 내 안의 의심은 강렬히 증폭된다.

"혹시 임신인가?"

그리고 모든 의심은 김칫국으로 판명됐다. 이른바 시즌 ○○호 김칫국이다. 이 김칫국은 생리 전에 통과 의례처럼 가지게 됐다. 조금만 몸이 이상하다 싶으면 어김없이 김칫국을 마셨다. 잠을 많이 자는 건 그냥 내가 잠이 많아서였다. 불면도 없다. 마지막으로 잠을 이루지 못했던 건 남편의 코골이로 괴로웠던 때였다. 지구 반대편에 가서도 시차 적응의 괴로움 없이 꿀잠을 자던 나였다. 중학교 때는 잠이 안 와서 CD를 들으며 보내곤 했는데, 어렸을 때 그런 불면을 겪어서인지 나이가 들어 피곤이 늘어서인지 더 이상 잠을 못 자는 일은 없다.

비타민을 먹고 헛구역질을 하는 것도 흔한 현상이었다. 아침 공복의 비타민이 가져올 수 있는 부작용이라 했다. 블루베리와 아몬드를 넣은 요구르트를 먹어 보았지만 내 위는 그걸 끼니로 생각하지 않는 모양이었다. 그 후로는 아침에 비타민을 안 먹었다. 아침부터 쌀밥과 몇 가지 반찬이 올라간 밥상을 마주할 정신은 없어서 안 먹는 게 편했다.

평소에 좋아하지 않던 음식이 먹고 싶은 건 그냥 몸이 칼

로리를 원해서였다. 혼자서는 귀찮음이 식욕보다 커서 대충 먹고 말기 때문이다.

보다 강력한 김칫국이 차려졌던 때도 있다. 태몽이었다. 엄마는 빨간 고추를 꿈에서 봤다고 했고, 시어머니도 동물이 나오는 꿈을 꾸셨다. 여지없는 태몽 느낌이었다. 당시 나는 해외 일정을 앞두고 있어서 기쁘기도 하고 불안하기도 했지만 역시나 죄다 빗나갔다. 그건 대체 누구의 태몽이었을까? 아니, 애초에 태몽이기나 했을까?

쥐의 해인 올해, 나도 꿈을 꿨다. 쥐가 엄청 많이 나오는 꿈이었다. 올해 아이가 생기려나 싶어서 인터넷을 뒤져 봤는데 꿈은 내용보다 느낌이 중요하다고 했다. 꿈을 꾸고 나서 몹시 찝찝한 기분이었으니 태몽은 아닌 모양이었다. 그냥 개꿈인가 하고 말았다. 그랬더니 전 세계적으로 코로나19가 창궐하기 시작했다. 세상에. 페스트의 유행을 몰고 온 쥐 떼가 떠올랐다. 사실은 정말로 개꿈이었을 게다. 나는 예지몽 같은 걸 꿀 능력이 없고 일 년에 손 꼽을 정도로 꿈을 적게 꾼다. 총천연색 꿈을 꾸고 그것을 기억하는 사람이 때로는 부럽다. 결혼 10년 차, 이제는 셀 수도 없을 만큼 김칫국을 마셨지만, 오늘도 괜히 개그 욕심에 그 말을 입에 올려 본다.

"혹시, 임신인가?"

나는 전생에
수사자였을 거야.

왜?

수사자는
하루에 20시간을
누워 있는데.

종족 번식의

×

본능

2세에 대해 진지하게 생각한 것은 30대의 어느 날이었다. 당시 나는 삼국지에 빠져 있었다. 그렇다. 남자들이라면 누구나 한 번쯤 읽어 보고 게임으로 해 봤을 그 삼국지다. 나는 아는 사람 하나 없는 낯선 지방으로 이사 와서 외로웠고 시간이 많았다. 남편의 크리스마스 선물로 플레이스테이션 3을 사 줬고(정확히는 그가 구입하는 데 돈을 좀 보태 줬다) 몇 개의 게임을 구매했다. 그 가운데 〈진 삼국무쌍7 엠파이어스〉가 있었다.

삼국지는 읽어 보지 않았다. 그보다는 〈퇴마록〉이 수억 배는 재밌었다. 〈진 삼국무쌍7 엠파이어스〉를 플레이하게 된 건 순전히 '캐릭터가 잘생겨서'였다. 아무튼, 만날 친구도 특별한 일거리도 없던 내게 그 게임은 가뭄의 단비이자 여름날의 차가운 맥주 한 잔, 겨울날 따스한 이불 속이었다.

하루 10시간을 내리 게임만 했다. 밥때가 되면 일시 정지를 해 놓고 허겁지겁 먹고는 다시 게임기를 손에 쥐었다. 밤이면 찾던 야식도 먹지 않았다. 덕분에 살이 빠졌다. 그러던 어느 날 게임에만 몰두하는 생활 때문에 목에 담이 심하게 찾아왔다. 남편은 '하루 종일 게임을 하다가 목에 담 온 여자'라며 나를 놀렸지만, 그 후로도 내 열정은 멈추지 않아 마침내는 삼국지를 읽기에 이르렀다. 책, 만화, 전문 서적 등 관련된 자료는 닥치는 대로 찾아보고 읽었다. 실제 역사와 소설인 〈삼국지연의〉를 비교하는 재미도 쏠쏠했다.

그 시대 역사에 여자는 없었다. 동탁과 여포를 갈라놓는 초선은 허구의 인물이다. 게임에 나오는 여성 캐릭터도 실존 인물을 바탕으로 했다고 하지만, 그 행적은 판이하다. 우선 그 시대 여자들은 이름을 부르지 않았다. 여성의 이름은 아주 사적인 영역이어서, 가족이나 남편 정도가 되지 않으면 이름조차 밝히지 않았다. 또한 여성의 이름을 공개적으로 부르는 건 '술집 작부' 취급과 같아, 사람들 앞에서 아내의 이름을 함부로 부르는 것은 아주 천박한 행동이었다. 때문에 역사서에 그녀들은 대부분 성씨로만 남았다. 견 씨, 추씨, 이런 식이다.

여자들에게 가장 중요한 것은 아이를 낳아 '대를 잇는 것'이었다. 대를 이을 수만 있다면 꼭 피가 섞이지 않아도 상관없어서 양자를 들이기도 했다. 특히 생식 능력을 잃은 환관의 경우 양자를 들여 가문을 이었다. 그 시절 사람들은 그렇게 가문을 유지하는 것에 집착했다.

현대 사회에 와서는 개인의 능력(연줄을 포함한)에 따라 출세가 가능해지며 가문이니 뭐니를 따지지 않게 됐다. 물론 여전히 그런 옛 풍습과 전통을 지키는 사람들도 있지만, 이제 가문보다는 개인을 우선시한다. 내 생각도 크게 다르지 않았다. 나 한 몸 건사하기 힘든 팍팍한 세상, 이대로도 나쁘지 않은데 굳이 아이를 만들 필요가 있을까? 갈수록 대기는 나빠지고 새로운 전염병이 창궐하고 빈부 격차는 뼈저리게 와 닿는데, 내가 억만장자여서 2세에게 물려줄 재력과 권력이 없다면 그건 2세에게도 고통이 아닐까?

다만 그런 생각이 들었다. 모든 생물이 태어나 번식을 위해 살다가 가는데, 왜 인간만큼은 종족 번식을 그렇게 하찮게 여기는가? 인간이 유일하게 '사유하는 동물'이어서일까? 우리는 대단한 의미를 가지고 태어나는 게 아니라 태어났기 때문에 사는 건데, 그렇다면 한 생명체로서 마땅히 해야 할 '종족 번식의 의무'를 다해야 하는 게 아닐까? 할 수 없다면 어쩔 수 없지만, 할 수 있는데도 하지 않는 건 직무 유기가 아닐까? 삼국지에서 출발해 종족 번식의 의무까지 뻗어 온 생각의 끝에는 아이가 있었지만 답은 쉽게 찾을 수 없었다.

어렸을 때 즐겨 했던 게임 중에 〈프린세스 메이커〉가 있다. 아마 내 또래라면 누구나 한 번쯤은 해 봤을 유명한 게임이다. 딸을 키워서 공주로 만드는 게임인데, 사실 친딸도 아니고 꼭 공주로 키울 필요도 없다. 내가 어떻게 키우느냐에 따라 딸의 직업이 달라진다. 공주가 될 수도 있고 여왕이 될 수도 있고, 화가가 될 수도 있고 박사나 재판관이 될 수도 있다. 창부나 폭력배가 될 수도 있다. 그야말로 뭐든 될 수 있었다. 나는 미술과 음악과 문학을 사랑했기 때문에 열심히 미술 학원에 보내고 관련 교육을 시켰다. 아르바이트도 건전한 것만 시켰다. 단, 공주로는 만들고 싶진 않았다. 왕자가 별로 잘생기지 않았기 때문이었다.

나는 그 애가 미술사에 길이 남는 대화가나 음악가나, 아무튼 그런 위대한 업적을 남기는 예술가가 되기를 바랐다. 애지중지 키웠던 딸은 갑자기 여행을 떠났다. 전 세계를 여행하며 더 많은 세상을 보고, 노래하며 시를 읊고 싶다고 했다. 청천벽력 같았다. 엔딩 장면에는 웬 누더기를 걸치고 모닥불 곁에서 기타를 튕기는 그림이 떴다. 그 아이는 음유 시인이 됐다. 그때의 충격을 잊을 수가 없다. 다시 게임을 플레이해서 다른 엔딩을 볼 수도 있었지만 그러지 않았다. 어린 마음에 너무 일찍 세상의 이치를 배우고 만 것이다. 자식 새끼 키워 봤자 다 소용없다. 자식은 내 마음대로 안 된다.

그런데 이 글을 쓰기 위해 프린세스 메이커의 엔딩을 검색해 그 장면을 다시 봤더니 그림 속 아이의 표정이 뭐라 말할 수 없을 만큼 행복해 보였다. 어쩌면 그건 내 인생의 투영이었을까? 곳곳을 떠돌며 유유자적 글이나 쓰고 기타 줄이나 가끔 튕기는. 인생은 언제나 예측할 수 없다. 이 게임을 할 때도, 나는 내가 서른이 넘어 이렇게 살 줄은 꿈에도 생각지 못했다. 내 가상 딸의 인생을 전혀 예상할 수 없었듯이 말이다.

그렇지만 나는 여전히 종족 번식의 의무를 앞세우기에는 이기적이고, 예측불허인 아이 인생을 감당할 자신도 없어서 둘이 사는 삶을 선택하고 마는 것이다.

이 광고는
×
나와 관련이 없습니다

언제부터인가 인스타그램 피드에도 패션이나 음식 사진만큼이나 아이 사진이 올라오기 시작했다. 인스타는 본디 '힙'한 것들의 피난처였다. 광고에 잠식당한 페이스북과 카카오 스토리의 자식 자랑에 진절머리가 난 이들은 인스타에 필터로 한껏 꾸민 사진을 올리며 스스로의 감각을 뽐냈다. 프레임 바깥의 세상은 아무래도 상관없었다. 정사각형 틀 안의 세상만 완벽하면 되었다. 온갖 허세가 들끓었지만, 그곳은 나름대로 재미있었다. 나도 은근슬쩍 허세를 부릴 수 있었으니까. 일찍 결혼하고 몇 년을 아이가 없어도 여전히 행복한 커플의 모습을 과시할 수 있었으니까.

내 주변은 결혼이 빠르지 않은 편이었다. 대학교를 졸업하고 1년 정도 사회생활을 하다 스물여섯에 결혼한 내가 가장 빨랐으니. 여자 동기와 친구들은 서른 전후로 결혼을 했다. 덕분에 몇 년간은 아이 이야기에서 자유로웠다. 하지만 서른둘을 기점으로 많은 것이 변했다. 인스타에서 '힙'하던 친구들이 엄마가 된 것이다. 그들은 하나같이 '피드에 관심 없는 남의 집 애 얼굴이 뜨는 거 싫다', '네 새끼 너한테나 귀엽지'라고 했었다. 그러나 그들도 자기 자식 앞에서는 영락 없는 팔불출이었다. 어느 지인은 인스타에 아이 사진을 몇 장씩 묶어 올리며 고백했다.

> 나는 아이가 생겨도 아이 사진으로 피드를 도배하지 않 으리라 다짐했다. 하지만 막상 아이를 낳아 길러 보니 너 무 귀여워 올리지 않고는 도저히 배길 수가 없었다.

아무래도 '내 새끼'는 평소의 신념마저 꺾을 정도로 귀여 운가 보다. 하긴 그건 내 남편에게도 마찬가지여서, 우리 남 편을 보면 정말로 귀여워서 견딜 수 없을 때가 있다. 하지만 그걸 사진을 찍어 인스타에 올리진 않는다. 나만 보고 싶은 귀여움과 자랑하고 싶은 귀여움의 차이가 아닐까? 내 새끼 가 너무 귀엽다면 확실히 동네방네 자랑하고 싶어질 것 같 다. 여러분, 내가 이렇게 귀여운 생물을 낳았어요!

갈수록 인스타 피드에 어린아이의 사진 비율이 늘어 갔 지만 그런대로 괜찮았다. 자주 만나지 못하는 이들의 소식 을 이렇게나마 들을 수 있었으니까.

그런데 문제는 전혀 생각지 못한 곳에서 생겼다. 맞춤 광고에 아기용품과 어린이 옷이 뜨기 시작한 것이었다. 처음에는 기겁해서 침대에 스마트폰을 던지고 말았다. 다행히 이성이 돌아와 주섬주섬 스마트폰을 줍고 생각을 해 봤다. 대체 왜 이런 사태가 생긴 것일까? 최근 아기용품을 검색한 적도 없었다. 아이를 낳은 친구에게 선물을 사 준 것도 꽤 오래전의 일이었다.

범인은 가까이 있었다. 지인의 아이 사진 게시물에 '좋아요'를 누르고 다닌 것이 원인이었다. 인스타는 내가 '좋아요'를 누른 게시물의 태그와 사진의 종류를 파악한 후 내게 아이과 관련된 키워드의 광고를 송출했다. '저는 그냥 원만한 인간관계를 위해 좋아요를 눌렀을 뿐이지 아이 같은 건 전혀 관심이 없거든요'라고 구구절절 항변할 곳은 없었다. 대신 광고를 더 이상 보지 않기로 했다. 다행히도 이런 종류의 맞춤 광고에는 '관심 없음'을 표시해 내 관심사를 알려줄 수 있었다. 게시물 상단의 버튼을 눌러 '광고 숨기기'를 눌렀다. 인스타는 왜 이 광고가 싫은지를 물었다. 딱 마음에 드는 선택지가 없어 대충 비슷한 것으로 골랐다. '관련성이 없습니다' 그렇게 몇 번을 반복한 끝에 마침내 아이용품 광고를 피드에서 몰아냈다.

그곳을 대신한 것은 빼곡한 옷, 피어싱, 모자, 가방 같은 패션 잡화와 칙 뿌리기만 하면 기름때와 곰팡이가 사라지는 마법 같은 세제들이다. 아이용품이 떠서 마음이 산란했던 그때와는 사뭇 다른, 아주 평화로운 풍경이다. 왜 나는 그렇게 아이용품에 민감했을까? 아마도 아이를 낳아 사는 것이 가장 '주류'의 삶이며, 나는 그 '주류'에서 벗어났다고 생각하기 때문이 아닐까?

나는 남들이 하는 건 다 해 봐야 했다. 동아리 활동, 술 진탕 마시기, 때로는 지질하고 절절한 사랑의 추억, 외국 생활, 결혼까지. 하지만 결혼 이후 더 이상 인생의 계단을 오를 수 없었다. 오를 생각도 하지 않았다. 그렇게 남들이 저만치 앞서가는 걸 몇 해나 지켜봤다. 때로는 나와 같은 계단에 머물러 있는 이들과 아직도 저만치 아래에 있는 사람들을 돌아보며, 이 정도면 괜찮은 삶이라고 스스로 위로하면서 말이다.

정말 힘든데 정말 행복해.

얼마 전 둘째를 낳은 친구는 그렇게 말했다. 또 다른 지인들은 말했다.

아이는 없어도 좋지만, 있으면 더 좋아요.

나는 어쩌면 평생 그 행복을 모를 것이다. 더 나이가 들어 후회하게 될 지라도 지금 이 계단에 서서, 지금 손에 쥔 것만으로도 충분히 행복하다. 더 이상의 고양감이 필요 없는 잔잔한 행복.

인생은 곡선 그래프로 이루어져 있어 오르막이 있으면 반드시 내리막도 있다. 그리하여 인생 그래프의 평균값은 다들 비슷할 것이라고 믿는다. 나의 인생은 지금까지 큰 굴곡이 없었기 때문에 앞으로 일어날 수 있는 커다란 변화가 두렵기만 하다. 어쩌면 내 인생 그래프가 크게 휘청이지 않을까? 내리막밖에 없는 건 아닐까? 정말 부질없는 걱정이긴 하지만, 내게는 변명이 필요하다. 이대로 살아가기 위한 변명.

앞일은 알 수 없는 법이다. 그래도 내 인터넷 창에 뜰 광고는 선택할 수 있다. 그래서 오늘도 열심히 '관심 없음'을 누르며 개인 정보를 구글에 상납하고 있다.

태몽이
✕
무슨 소용이에요

태몽, 아이 밸 태胎, 꿈 몽夢. 표준국어대사전을 보면 글자 그대로 '아이를 밸 것이라고 알려 주는 꿈'이라고 한다. 우리나라는 태몽이 흔해서 유명인의 인터뷰에서 태몽이 뭐였냐는 질문이 단골처럼 나온다. 외국에는 태몽이 없다. 저 멀리 미국 같은 나라는 그럴 수도 있다 치더라도, 가까운 일본이나 중국에도 없다. 아무래도 태몽이란 놈은 대한민국에만 서식해서 이곳 사람들의 의식 속에 침투해 있나 보다. 사람들은 태몽을 믿는 한국인들의 문화적 전통이 무의식에 있어 그로 인해 태몽을 꾼다고 말한다. 무의식이 의식을 지배하는 것이야 당연하다고 치더라도, 아직 생길지 안 생길지 모르는 아이를 위한 꿈을 미리 꾸는 건 아무래도 신기하다.

고등학교 때 우리 반 애가 태몽을 꿨다. 물론 본인의 태몽은 아니었다. 당시 결혼한 지 얼마 안 된 선생님이 있었는데, 농담처럼 선생님 아이 태몽이 아니냐는 이야기가 수업 중에 오갔다. 선생님은 혹시나, 하는 얼굴을 했다. 남자 선생님이었으니까 그때 추측할 만한 근거는 빈약했을 터였다. 선생님은 정말로 임신이면 자기가 그 꿈을 사겠다고 했다. 그러고 며칠 지나지 않아 선생님 부인의 임신 소식이 들렸다. 근데 그 선생님은 그 애에게 아이스크림 하나 사 주지 않았다. 지금 와서 생각해 보니 약간 괘씸한 생각이 든다. 틀림없이 태몽이면 돈 주고 사겠다고 했으면서 말이다. 하다못해 초콜릿 하나라도 사 줄 수 있었을 텐데.

근데 사실 가까운 가족이나 친지도 아니고, 심지어는 자신이 맡은 반 학생도 아니고, 평소에 가깝게 지냈던 적도 없는 학생이 자기 아이의 태몽을 대신 꿔 준다는 건 아무래도 우스운 일이다. 꿈값을 주고 태몽을 사는 게 전혀 없는 일은 아니지만, 선생님은 꿈값을 주지도 않았다. 대체 태몽이란 게 무슨 소용이란 말인가?

하지만 여전히 태몽은 흥미롭다. 용, 호랑이, 잉어, 복숭아, 호박, 달덩이까지 아주 가지각색이다. 몇 달 전에 엄마가 빨간 고추를 따는 꿈을 꿨다고 태몽이 아니겠냐며 나에게 전화를 걸어 오셨다.

"고추면 아들이에요?"

"아니, 빨간색은 딸."

고추면 다 남자앤 줄 알았는데 아닌가 보다. 재밌는 일이다. 그리고 당연하게도(?) 내가 임신하는 일은 없었다. 주변의 다른 누구도 마찬가지였다.

내 태몽은 좀 특이하다. 원래 우리 부모님은 아이를 하나만 낳을 생각이셨다고 한다. 오빠를 낳고 더 낳을 생각이 없었는데 어느 날 아빠 꿈에 하느님이 나타나셨단다.

"아들을 하나 더 줄 테니 잘 키워 보아라."
"그럼 이왕이면 딸로 주십시오."
"그래, 알았다."

그러고 나온 게 나다. 아빠 이야기를 들어 보면 태몽도 영 개꿈은 아닌 걸까? 낳을 생각이 없었지만 나를 낳았고, 아들일 뻔했는데 딸로 나왔으니 어쩌면 내 삶은 깍두기 비슷한 게 아닐까 생각한다. 아이들과 편을 갈라 놀이를 할 때 어느 편에도 속하지 않는 잉여 인원인 깍두기. 그래서 내 운명에는 2세가 없는 게 아닐까?

우린 이제
×
젊고 어리지 않으니까

　왕가위의 영화를 좋아한다. 누군가 인생 영화를 꼽으라고 하면 언제나 〈화양연화〉를 꼽았다. 알고 보면 불륜 이야기에 불과하지만, 나는 말수 적은 그 영화가 좋았다. 그들은 눈빛과 뒤통수와 쓸쓸한 손과 어깨로 말을 하고 있었다. 그걸 보고 영화감독이 되고 싶었다. 인간이 만들어 낸 언어가 아닌, 다른 방식으로 메시지를 전달하고 싶었다. 영화 속에서는 떨어지는 물방울, 흘러가는 구름, 바람에 흩날리는 머리카락도 무언가를 말할 수 있었다. 아이러니하게도 지금은 말 없이는 아무것도 전달할 수 없는 글쟁이가 되었지만.

　30대가 되어 다시 〈아비정전〉과 〈중경삼림〉을 보았다. 내가 봤던 왕가위 영화들에 대한 소회는 10대에 멈춰 있었기 때문에, 나이가 들어 보는 그의 영화는 좀 특별했다. 어렸을 땐 도무지 이해되지 않던 〈중경삼림〉의 임청하가 이제는 너무도 잘 이해됐다. 그때는 그녀가 마약 밀매를 한다는 사실을 알지 못했다. 그녀는 마약 이야기를 입 밖에 꺼내지 않았고 그런 뒷골목 세계를 알기에 나는 너무 어렸다.

〈화양연화〉 이후의 왕가위 영화는 좋아하지 않는다. 2000년대 중반을 지나며 그의 영화는 더 이상 스타일리시 하지 않았다. 왕가위의 감상주의도 크리스토퍼 도일의 영상 도 여전히 같은 곳에 머물러 있었다. 그의 영화는 마치 여전 히 중2병에서 벗어나지 못한, 몸집만 커 버린 소년 같았다.

하지만 30대에 본 〈아비정전〉이나 〈중경삼림〉 등 그의 90년대 영화들은 여전히 멋졌다. 그들이 만든 영상은 여전 히 아름답고 감각적이었다. 아비의 여정이 비극으로 끝났을 지언정 젊음은 눈부시게 아름다워서 슬펐다. 그 영화를 보 고 다시 홍콩에 갔다. 영화 초반에 나오는 열대 우림이 너무 멋있었기 때문이었다. 사실 그 열대 우림은 말레이시아에서 찍은 것이지만, 아무튼.

〈아비정전〉 속 장만옥과 유덕화가 만났던 돌담길을 찾아 갔다. 거긴 인도가 없는 찻길이라 영화 속 같은 장면은 찍을 수 없었지만 그래도 좋았다. 결국엔 비를 뿌리고 말았던 찌 뿌드드한 회색 하늘과 습한 공기, 우거진 크고 푸른 열대 식 물들. 〈화양연화〉 속 골드핀치 레스토랑은 사라지고 없었지만 유덕화가 전화를 기다렸던 돌담길은 그대로여서 다행이었다. 그 모든 게 젊었기 때문에 그토록 눈이 부셨을까? 손에 쥐고 있는 건 언제나 잃고 나서야 그 가치를 안다.

노아 바움벡 감독의 영화 〈위 아 영〉은 어느 40대 부부가 젊은 20대 커플을 만나면서 벌어지는 이야기를 그렸다. 주인공인 조쉬와 코넬리아 부부는 아이 없이 아주 평화로운 삶을 살고 있었는데, 우연히 이른바 '힙스터'인 20대 커플을 만나 같이 어울리게 된다. 그들과 함께 노는 건 신선하기만 하다. 한창 잘나가던 젊었을 시절 생각도 나고, '요즘 애들의 놀이'를 경험하며 새로운 활력을 얻기도 한다. 중년의 몸으로 무리한 춤을 추다가 삐긋하기도 하지만 쳇바퀴 같은 일상 속에서 맛보는 일탈은 즐겁기만 하다.

하지만 그 새로운 짜릿함이 주는 행복은 얼마 가지 못한다. 더없이 멋져 보였던 20대 커플은 무책임한 어린애였다. 자기들의 어렸을 때와 별반 다르지 않은 것이다. 껍데기만 다른 '자신의 어린 시절'을 마주한 부부는 힙스터 생활을 버린다. 그리고 한 단계 앞으로 나아간다. 아이를 입양하기로 한 것이다. 영화는 거기에서 끝난다.

과연 어린 시절에 기쁨을 주었던 것들은 나이가 들어서까지 같은 양의 행복을 줄 수 없었다. 남편과 함께 술과 맛있는 걸 먹으러 다니는 건 여전히 좋지만, 옛날에 그랬던 것처럼 아주 좋진 않았다. 지금이 아이가 필요한 시기라는 신호일까? 결혼, 아이, 가족. 여기서 문득 인생은 몇 가지 단계로 이루어져 있음을 생각한다.

> 1단계. 태어나서 학교 입학 전까지의 삶. 이때는 밥 잘 먹고 똥만 잘 싸도 박수를 받는다.
> 2단계. 10대의 삶으로 학교생활이 주가 된다. 첫 사회생활의 시작이자 처음으로 무언가를 성취해야 하는 때. 학업이나 그 외의 무언가에 두각을 드러내야 칭찬받을 수 있다.
> 3단계. 스무 살부터 사회인 2년 차까지의 삶. 많은 사람을 만나고 많은 경험을 해야 하는 시기다.
> 4단계. 사회인 3년 차 이상. 비로소 사회 구성원으로서 한 사람 몫을 하는 삶이다. 개념을 탑재하고 어느 정도 스스로 앞가림을 할 수 있게 되는 때다.
> 5단계. 결혼. 여기서 삶이 크게 바뀐다. 누군가의 삶이 내 삶에 편입되고, 내 삶 역시 누군가의 삶에 들어간다. 수많은 인내와 희생과 책임감을 배우는 시기다.
> 6단계. 출산과 양육. 언제나 소비하기만 했던 사람이 무언가를 생산하는 일이다. 그것도 새 생명을!
> 7단계. 아이의 독립. 다시 가족이 둘이 되는 순간이다.

여기까지 생각하면 다시 처음으로 돌아간다. 어차피 나중엔 둘만 남게 되는데, 굳이 아이를 낳아 길러야 할 이유가 있을까? 다들 아이를 낳아 키우는 건 너무 힘들지만, 그 이상으로 행복하다고 말한다. 하지만 결국 마지막까지 곁에 있는 건 반려자이지 않은가?

사실 처음부터 이렇게 심각하게 인생의 단계와 가족의 형태에 대해 고민한 건 아니었다. 우리 둘 중 어느 쪽도 강렬하게 아이를 원하지 않고, 양가 부모님도 '둘이 잘 살아라'라는 주의라 굳이 아이를 가지려는 노력을 하지 않았다. 물론 생긴다면 기쁘겠지만, 결혼한 지 10년이 다 되도록 내 자궁은 아무 소식이 없다. 그리하여 지금에 이르러 새삼스럽게 인생의 단계에 대해 고민해 본 것이다.

어쩌다 보니 딩크족이 되어 버렸지만, 열심히 어영부영 살아온 인생에 큰 후회는 없다. 조쉬 부부도 우리도 이제 더 이상 젊고 어리지 않지만, 우리가 가는 길은 그들과 전혀 다를 것이다.

이 정도 십자가라면
짊어질 수 있을 거 같아

모르는 게
×
상책

얼마 전 산부인과에 갔다. 요즘이야 어릴 적부터 여성 건강의 중요성을 강조하기도 하고 자궁경부암 백신도 있고 하니 10대 때 산부인과에 가는 게 대단한 일은 아닐 것이다. 하지만 태생적으로 병원에 가기를 싫어하고 자연 면역력을 중요시하는 가풍에서 자라다 보니 자연스레 산부인과도 멀리했다. 감기 몸살이 나도 병원에 잘 안 갔다. 커서도 자주 가는 곳은 치과 정도였다. 가끔 위염과 위경련 때문에 내과를 가곤 했지만 그건 정말 너무너무 아파서 견딜 수 없을 때였다. 나는 아픈 걸 잘 참는다.

따라서 어디 아픈 데도 없으면서 산부인과에 간 건 꽤 큰 결심이었다. 서울에서 직장생활을 그만두고 강릉에 내려올 때는 금방 아이가 생길 줄 알았다. 하지만 1년이 지나고 2년이 다 되어도 아이는 생기지 않았다. 그저 궁금했다. 아이가 생기지 않는 원인이. 그래서 우리는 손을 잡고 산부인과에 갔다.

남자가 할 일은 정액을 채취해 제출하기만 하면 된다. 여 자는 여러 가지 검사가 필요하다. 의사는 나팔관 조영술을 해 보자고 했고 나는 순순히 고개를 끄덕였다. 아, 나는 너 무도 무지했다.

우리가 처음 갔던 병원은 장비가 없어서 좀 더 큰 병원에 예약을 잡고 갔다. 고작 검사 따위에 남편을 동행할 필요는 없으니까 혼자 갔다. 병원은 넓고 깨끗하고 쾌적했다. 진료 실에서 간단하게 의사를 만나고 나와 의자에 앉아 있었다. 간호사가 와서 진통제 주사를 맞자고 했다. 진통제? 나팔관 조영술이란 게 그냥 단순한 검사가 아닌가? 뭐가 그리 아프 길래 진통제까지 맞아 가며 검사를 하는 거지? 3분 내내 웩 웩거리기만 했던 위내시경 때에도 진통제 같은 건 맞지 않 았다. 그런 위내시경보다 더 괴로운 검사가 있단 말인가? (병원과 친하지 않았던 내게 가장 괴로웠던 검사는 위내시경뿐이었다) 불길한 예감이 등허리를 스치고 지나갔다.

주사를 기다리며 폭풍 검색을 했다. 블로그와 카페에 후 기가 많이 올라와 있었다. 너무 아팠다, 가장 심한 생리통보 다도 더 심했다, 그래도 생각보다는 견딜 만했다, 어쩌고저

쩌고. 그중에서 '생리통보다 조금 심한 정도였다'라는 후기를 믿기로 했다. 사람마다 느끼는 통증의 정도는 모두 다르고 나는 아픈 걸 잘 참는 편이니까.

진통제 주사를 맞고 조영실로 올라갔다. 조영실은 수술실이 있는 2층이었는데, 수술이 끝나기를 기다리는지 복도에 초조해 보이는 두 사람이 손을 붙잡고 있었다. 어쩐지 긴장감이 감도는 분위기에 괜히 꿀꺽 침이 넘어갔다. 조영실에 들어가 바지와 속옷을 벗고 차가운 침대 위에 다리를 벌리고 누웠다.

"배가 아파도 손을 배 위에 올리시면 안 돼요. 그러면 사진 다시 찍어야 합니다."

간호사가 경고했다. 곧 의사가 들어왔다. 그는 주사기 비슷한 것을 집었다. 사실 이때부터는 눈을 감아 버렸다. 다리 사이로 무언가가 들어왔다. 어쩐지 19금 소설의 한 문장 같지만 여긴 생생한 산부인과 현장이었다. 조영제가 뱃속에 들어왔다. 동시에 아랫배에 엄청난 고통이 찾아왔다. '생리통보다 조금 심한 정도'이길 바랐던 내 기대는 산산이 부서졌다. '생리통은 X발!'이라고 있는 힘껏 소리를 지르고 싶은 걸 참았다. 간호사가 후다닥 사진을 찍으러 갔다. 그러고는 다시 와서 침대 아래의 판을 갈아 끼우고 또 사진을 찍으러 후다닥 달려 나갔다. 확실히 기억나지는 않는데, 그 고통 속에서도 왜 이놈의 병원은 사람을 한 명만 써서 왔다 갔다 하는 시간 동안의 고통을 더 느끼게 하는가 싶어 이를 부득부득 갈았다.

나팔관 조영술 검사는 그렇게 충격과 공포 속에서 끝났다. 속옷과 바지를 입는데 아무것도 가져오지 않아 간호사가 팬티 라이너를 챙겨 줬다. 집에 가서 보니 팬티 라이너가 피로 흥건했다. 종일 누워 있었다. 남편이 짜파게티를 끓여 줬다.

잘 몰라서 겁 없이 하게 되는 것들이 있다. 내겐 나팔관 조영술이 그런 것 중 하나였다. 어쩌면 결혼도 그중 하나였을까? 모른다는 건 걱정과 두려움도 포함한다. 나는 정말로 앞으로 몇 년 후의 일 따위는 생각하지 않았다. 당장 내년의 일도 계획하지 않았다. 그 시절 나는 그냥 지금과는 다른 삶을 원했다. 다른 지하철역, 다른 골목, 다른 현관, 다른 계단, 다른 집, 그리고 어두운 밤 나 말고도 다른 누군가 그 집으로 퇴근해 돌아오는 것.

생의 어떤 순간순간에, 때로는 계획하지 않는 선택을 후회했지만 그건 아주 미미해서 내 삶의 방식을 바꾸지는 못했다. 돌이켜보면 '그땐 그랬지' 수준의 감상이었고 후회는

가지 않은 길에 대한 호기심과 아쉬움일 따름이었다. 그래서 아무것도 모른 채 했던 선택을 후회하지 않는다. 결혼도 마찬가지다. 이 이상으로 나를 온전히 나 자신으로 있게 해주는 사람을 만날 수 없을 거라는 생각이 들었고, 그러고는 망설임이 없었다.

아이도 그런 것 중에 하나일지 모른다. 모르니까 할 수 있는 과감한 선택. 그런데 이미 아이가 있는 삶에 대해 모른다고 말하기에 우린 너무 많은 걸 알아 버렸다. 이제는 알기 때문에 두려워서 시작할 수 없다. 송두리째 바뀌게 될 삶, 잃게 될 혼자만의 여유, 더욱 늘어날 짜증. 물론 아이가 주는 행복감은 그 모든 불행보다 크다지만 스스로는 쉬이 발을 내딛기가 어려운 게 현실이다.

때로는 남편을 꼭 닮은 귀여운 아이가 있으면 좋겠지만, 없는 것도 또 다른 행운이 아닐까? 하느님은 우리가 질 수 있는 무게만큼의 십자가를 주신다고 했다. 내 정신은 너무도 약해 빠져서 작은 고난과 역경에 쉽게 꺾여 버리기 때문에, 하느님은 가벼운 십자가를 들려 주셨는지도 모른다.

우물쭈물하다가
×
내 이럴 줄 알았지

한때 캠핑에 빠졌었다. 시작은 록 페스티벌이었는데, 화장실은 지저분하고 찬물밖에 나오지 않는 샤워장은 한 시간 이상 줄을 서서 기다려야 했으며, 대부분은 한여름 땡볕이어서 텐트 안은 사우나가 되기 일쑤였지만 나는 그 모든 개고생이 좋았다. 너무 더워서 물처럼 맥주를 사 마셨던 기억이나, 박스를 가져다 깔고 앉아 보았던 한밤의 공연, 주워 입은 비옷에서 났던 담배 냄새, 파란 하늘, 때로는 텐트를 두들기던 빗줄기들.

그 후로 좀 더 좋은 텐트를 마련하고 본격적인 캠핑에 나섰다. 캠핑장에서 다른 집들의 장비를 구경하며 필요한 것들을 하나씩 갖춰 나갔다. 접이식 테이블, 좀 더 편한 의자, 좋은 타프. 숯불에 구운 고기 일색이던 메뉴도 좀 더 다양해졌다. 아무리 좋은 고기여도 자주 먹으면 질렸다. 게다가 여

럿도 아니고 둘뿐인 캠핑에서 숯불 고기는 많은 노동력을
필요로 했다. 특히 다음 날 닦는 꺼먼 불판은 고역이었다.

우리는 더 이상 숯불을 피워 고기를 구워 먹지 않게 됐다.
프라이팬에 구워도 고기는 맛있었다. 삼겹살처럼 기름이 많
은 고기는 팬에 굽는 게 더 안정적이었다. 사실 지붕이 없는
곳에서는 뭘 먹어도 훨씬 맛있는 법이다. 김치에 스팸을 숟
가락으로 숭덩숭덩 떠 넣은 캠핑 찌개, 카레, 닭 한 마리 등
냄비 하나만 있으면 해 먹을 수 있는 요리들은 많았다.

사실 캠핑을 하러 가면 특별히 하는 게 없다. 텐트를 치고
주변을 좀 둘러보고 먹는 게 전부다. 근처에 가볍게 등산이
라도 할 수 있는 산책로가 있다면 좋지만, 의외로 캠핑장은
등산과는 별 인연이 없는 곳이 많다. 국도를 구불구불 달리
다 갑자기 등장하기도 하고, 산속에 있지만 등산로가 없는
곳도 많다. 바닷가라면 산책은 해변이 전부다.

대개 캠핑장 입실은 오후 2시가량이니 2시간 내외로 텐
트와 집기를 세팅한다면 4시부터는 자유 시간이다. 주위를
둘러보는 건 1시간이면 끝이다. 아무리 늦어도 5시부터는
먹고 마시는 시간이 시작된다. 여름의 오후 5시는 한낮이다.
타프 그늘에서 고기를 굽고 맥주를 까서 홀짝이다 보면 금세
저녁이다. 그러면 마트에서 사 온 간편식으로 메뉴가 바뀐

다. 요즘 간편식은 정말 다양해서 손쉽게 빈대떡을 해 먹을 수도 있고, 맛있는 닭발을 먹을 수도 있다. 술을 좋아하는 우리에게 술 역시 빠질 수 없다. 맥주로 시작해서 마지막에는 배가 부르다는 핑계로 늘 다른 술로 끝낸다. 그렇게 몇 시간이고 먹고 마시다 보면 깜깜한 밤이었다. 짧게는 여섯 시간, 길게는 열 시간이 넘게 먹고 마셨다. 어두운 밤하늘을 올려다보면 도시에서의 그것과는 달리 흩뿌린 듯 촘촘하게 별이 박혀 있어 참 아름다웠다. 낭만적인 나날이었다.

먹고 마시는 캠핑이 한계에 다다른 건 그로부터 3, 4년이 지나고 나서였다. 그동안 함께 캠핑을 다니던 친구 커플은 헤어졌고, 우리보다 늦게 결혼한 커플은 둘째를 낳았다. 막 생기기 시작했던 캠핑장은 우후죽순 늘어 선택지도 늘었고, 아이를 데리고 오는 가족도 많아졌다. 자연 속을 뛰노는 남의 집 아이들을 보며, 여느 때처럼 맥주 캔이나 홀짝이던 나는 생각했다.

역시 아이가 있어야 하나?

둘이 술을 먹는 건 여전히 좋았지만, 옛날만큼 재미있지도 않았다. 자주 다니던 술집들이 사라지고 생기고 또 사라지는 건 슬프지만 자본주의의 순리였다. 그래도 몇몇은 여전히 변함없었다. 남편이 스무 살 때부터 다니던 추억의 곱

창집에서 소주를 마시다 나는 돌아올 수 없는 강을 건너고 말았다. 더 이상 소주가 맛이 없었다.

어렸을 때는 결혼해서 애를 낳고 사는 게 당연하다고 생각했다. 삶이란 응당 그런 것으로 생각했다. 그래서 20대에는 가능하면 열심히 놀았다. 애가 있으면 마음대로 못 노니까. 근데 아이는 그렇게 쉽게 생기지 않았다. 너무 이상했다. 나는 언제나 반항적인 삶을 꿈꾸었으면서도 평범한 삶에서 크게 벗어나지 않았다. 부모님과 오빠가 있는 화목한 4인 가정에서 자라나, 그럭저럭 괜찮은 대학교를 가고, 연애도 해 보고, 외국도 갔다와 보고, 결혼도 하고, 그리고 아이도 낳고.

그런데 30대 중반이 되어 깨닫고 보니 가장 힘든 것이 평범한 삶이었다. 주위를 둘러보니 교과서처럼 자로 잰 듯 반듯하게 평탄한 삶을 살아온 사람은 아무도 없었다. 모두가 어떤 결핍이나 좌절을 품고 있었다. 불우했던 어린 시절, 변변찮은 커리어, 가난한 통장, 연인이나 배우자의 부재 등등. 나이가 들어 보니 평범한 삶이 가장 어려운 것이었다. 나의 수많은 미혼 친구들은 말한다.

"야. 나에 비하면 너는 진짜 행복한 거야. 결혼이라도 했잖아."

아이가 있는 친구는 말한다.

"그때가 진짜 행복할 때야. 아이가 생기면 진짜 내 인생 없어."

모든 행복과 불행은 상대적이었다. 내 상황을 불행하다고 보면 불행이었고, 행복하다고 보면 행복이었다. 어쩌다 보니 딩크족에 발을 걸치게 됐지만 그 또한 내가 선택한 내 삶이다.

우물쭈물하다가 내 이럴 줄 알았지.

버나드 쇼의 이 유명한 묘비명은 오역에서 비롯되었다지만, 오역이라고 버리기에는 너무 아까운 문장이다. 그러니까 후회할 시간에 현재에 충실할 것이다. 여보, 그러니까 오늘 진토닉은 탱커레이 텐으로 말아 줘.

너의
×
이름은

초등학교 1학년 즈음 집에서 개를 키웠었다. 우리 집은 80년대 초에 지어진 2층짜리 양옥집으로, 작은 마당이 딸려 있었다. 강아지는 진돗개를 닮은 하얀 아이였다. 아빠도 오빠도 나도 강아지를 좋아했지만, 엄마는 싫어했다. 우리는 귀여워하면 그만이었지만, 개를 씻기거나 밥을 주거나 똥을 치우거나 하는 일은 모두 엄마의 몫이었기 때문이었다. 게다가 그 강아지는 제 똥을 자기가 먹었는데, 아빠는 그게 개가 부족한 영양분을 똥을 통해 섭취하는 거라는, 그런 이해하기 어려운 소리를 했다. 아무튼 더러웠다. 인터넷에만 쳐봐도 온갖 정보가 난무하는 요즘과는 다른 시대였다. 강아지가 왜 그러는지 알 도리가 없었다.

엄마는 제 똥을 먹는 강아지를 더욱 이해하지 못했던 것 같았다. 결국 강아지는 우리 집에서 1년도 살지 못하고 다른 데로 갔다. 괜히 오빠나 나에게 상의했다간 반대할 게 뻔했기에, 엄마는 아무 말도 없이 강아지를 보냈다. 어디로 갔는지도 말해 주지 않았다. 어느 날 학교에서 돌아와 보니 개집이 비어 있었다. 작별 인사도 하지 못했다. 그게 슬퍼서 그날 그림일기에 떠나간 강아지 이야기를 썼다. 삐뚜름한 글씨 위에는 개집 앞에 앉아 우는 그림을 그렸다. 틀렸다. 나는 울지 않았다. 강아지가 말도 없이 떠난 건 슬픈 일이고, 슬프면 울어야 하니까 우는 그림을 그렸을 뿐이었다. 슬펐지만 눈물을 흘리진 않았다. 그 후로 개는 키우지 않았다.

90년대에 애완용 거북이가 유행했다. 우리 집도 여느 집과 다를 것 없이 커다란 수조를 사고 그 안에 눈 옆의 붉은 얼룩이 특징인 미시시피붉은귀거북을 키웠다. 미시시피, 미국에 있는 강 이름이라고 했다. 어린 나는 거북이 이름을 잊어버리지 않게 몇 번을 되뇌어 보곤 했다.

그 애들은 귀여웠다. 느릿하게 끔벅이는 눈도 귀여웠고 손가락을 내밀면 처음에는 무서워서 고개를 등껍질 아래로 쑥 집어넣었다가 슬그머니 고개를 내미는 것도 귀여웠다. 한참이나 손가락을 움직이지 않고 있으면 먹을 건가 싶어 입을 크게 열어 앙 무는 것도 귀여웠다. 조그마하니까 조금도 아프지 않았다. 처음에 거북이는 모두 세 마리였는데, 한 마리는 도망갔다. 수조 물을 갈려고 잠깐 세숫대야에 거북이를 넣어 놓은 새였다. 한 마리는 죽었다. 바뀐 환경에 적응하지 못한 탓이었을까? 거북이 한 마리를 다시 사 왔다. 아무래도 한 마리는 외로워 보였다. 그동안 또 두어 마리가 도망갔고 몇 마리는 죽었다. 마당 화단에 거북이 무덤을 만들어 줬다. 흙을 파고 나뭇가지로 십자가를 만들어 세워 줬다. 처음 얼마간은 무덤을 들여다보았지만, 세월이 지나며 이제는 나뭇가지 십자가마저 비바람에 사라지고 말았다. 대신 그곳에는 빽빽하게 검은 대나무가 들어섰다.

끝까지 살아남은 거북이는 두 마리였다. 그 애들은 손바닥만큼 커졌다. 여전히 손가락을 내밀면 몸을 움츠렸고 한참 있다가 고개를 빼꼼히 내어서는 손가락을 앙 물었다. 이대로라면 평생 같이 살 수 있을까 생각했다. 점점 머리가 커지며 더 이상 거북이에게 관심을 두지 않았다. 먹이를 챙겨 주긴 했지만, 느릿하고 말 없는 거북이보다 친구들과 노는 게 더 재밌었다. 거북이는 여전히 눈을 끔벅이며, 이번에는 도망가지도 않고 죽지도 않은 채 함께 커 갔다.

거북이는 내가 고등학생이 되기 전에 떠났다. 이번에는 이모네 집으로 갔다. 그 후로 어떻게 되었는지는 모른다. 생각해 보니 그 애들에게는 이름도 붙여 주지 않았다. 이름을 지어 주는 건 언제나 어렵고 거북이는 자꾸 바뀌었기 때문에 그냥 '거북아'라고만 불렀다. 이름을 불러 주었을 때 비로소

꽃이 된다고 하는데. 그래서 나는 그 아이들을 쉽게 잊었을
까?

　세월이 흘러 애완동물이라는 이름은 이제 반려동물이라
는 명칭으로 바뀌었다. 동물의 권리를 주장하는 단체가 목
소리를 내기 시작했고 동물을 올바르게 키우는 법에 대한
정보도 넘쳐 났지만 나는 더 이상 동물을 키우지 않았다. 성
인이 되어 결혼하고 가정을 이루고 나서도 마찬가지였다.
동물은 여전히 너무도 귀여웠고 동물을 보러 가는 것은 좋
았지만 키우는 건 다른 문제였다.

　개나 고양이를 키우는 집은 애가 안 생긴대.

　그런 말도 있었다. 아마 그들은 애정을 쏟을 개나 고양이
라는 대상이 있기 때문에 아이의 필요성을 절감하지 못할
지도 모른다. 그래서 그런 말이 생겼겠지, 막연히 추측해 본
다. 하지만 개를 키우면서 애를 둘이나 낳은 친구도, 고양이
두 마리를 키우면서 아이를 낳은 지인도 있다.

　내게 동물을 키운다는 것은 막중한 책임감이었다. 선불
리 시작할 수 없었다. 단순히 귀여워하는 것과 뒤치다꺼리
를 모두 하는 것은 차원이 달랐다. 아프기라도 하면 슬퍼서
감당할 수 없을 것만 같았다. 나는 구르는 돌멩이만 봐도 눈

물이 질끈 나는 사람이다. 그 때문일지도 모르겠다. 아이를 가져야겠다는 생각이 쉽게 들지 않는 것은.

가끔 상상해 본다. 키우지도 않을 강아지와 고양이의 이름을. 이름은 쉽게 바꿀 수 없으니까 아주 신중하게, 흔하지 않은 이름으로. 이름을 짓는 것은 매우 어렵다. 친구와 지인들의 강아지와 고양이 이름을 생각한다. 두부, 오리, 몰리, 금동이, 쿠키, 따롱이, 샤넬, 미호, 밤밤이. 아이의 이름도 상상해 본다. 남편의 성에 어울리게, 심혈을 기울여서. 여자애 이름은 혜리가 좋겠다고 생각한다. '혜리'는 초등학교 때 빠져 있던 만화 영화의 주인공 이름인데, 그와는 상관없이 성에 어울리는 이름이라고 생각한다. 남자애는 '혜'를 돌림자로 써서 '혜성'으로 할까, 성이 '문'이니까 이름은 '별'이 어떨까? 너무 장난 같은 이름일까?

초등학교 1학년 때 키웠던 강아지 이름은 미카엘이었다. 대천사의 이름이다. 지금도 '미카엘'이라는 이름을 들으면 찬란한 빛을 내뿜는 장엄한 대천사의 얼굴보다는 제 똥을 핥아먹던 순한 눈매의 하얀 개가 떠오른다. 그리고 이상하게, 그때는 나지 않았던 눈물이 지금 나는 것이었다.

결혼 후에도 여전히 열애 중

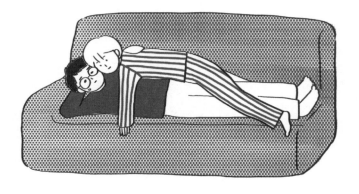

PART 4

결혼 10년 차 부부는
✕
주말에 뭐해요?

"주말에 뭐해요?"

흔하게 받는 질문이자 흔하게 하는 질문이다. 아이가 없는 10년 차 부부의 주말은 오래된 커플과 크게 다르지 않다.

한때는 색다른 액티비티를 해 보려고 노력했다. 집 근처의 클라이밍 센터, 라운지 파티, 힙한 플리마켓 같은 곳을 찾아보았다. 결국에 가지는 않았지만 말이다. 새로운 시도를 하기에 우리 부부는 일관되게 술과 음식을 좋아했고 누워 있는 걸 좋아했다. 금요일 밤에는 술을 진탕 마셨고 토요일에는 집에서 골골대며 해장 라면을 끓여 먹었다.

4년을 연애하고 결혼을 해도 크게 달라지는 것은 없었다. 한번은 행주산성 근처에 있는 유명한 잔치국숫집을 찾아갔는데, 맛은 물론 엄청나게 많은 양으로 이름난 곳이었다. 보통은 자전거로 몇 킬로미터씩 달리는 라이더들이 칼로리를 보충하기 위해 먹는 국수를, 우리는 편하게 자동차를 타고 가서 먹었다. 그러고는 곧장 집으로 돌아왔다. 또 한번은 포천에 이동갈비를 먹으러 갔다. 주말이라 차가 막혀 두 시간이 넘게 걸렸는데, 정말로 갈비만 먹고 집에 왔다. 허무했는데 딱히 포천에서 하고 싶은 것도, 보고 싶은 것도 없었다.

강릉으로 이사를 하고는 서핑을 배울 요량으로 먼저 스케이트보드를 시작했다. 20만 원가량 하는 비싼 보드도 샀다. 매일 보드를 타러 나가서 실력이 제법 늘었다. 그러던 어느 날 남편이 보드를 타다가 잘못 넘어져 팔이 부러졌다. 당시에는 큰일이었는데, 지금 생각해 보면 그냥 헛웃음만 나오는 에피소드다. 당시 샤워할 때 깁스한 부위에 물에 닿지 않도록 팔에 끼우는 커다란 비닐 같은 것도 샀었는데, 초대형 콘돔을 닮은 그것은 지금도 벽장 속 어딘가에 처박혀 있다. 그때 이후로 보드를 끊었다. 해외 직구로 샀던 페니 보드는 기타와 함께 방구석 오브제로 전락했다. 겨울에는 스키를 배워야겠다고 생각했는데, 나이가 들어 어디가 부러지면 잘 낫지도 않는다는 걸 핑계로 시도조차 해 보지 않았다. '요즘 젊은 애들은 스키장도 잘 안 간다며?' 이렇게 요즘 젊은 애들 코스프레를 하며 집에서 플레이스테이션만 한다. 나이가 들면 스스로를 잘 알게 된다. 우리는 영락없는 집순이와 집돌이다.

각자 따로 하고 싶은 걸 하는 커플도 많다. 우리도 처음에는 모든 것을 함께해야 했지만, 시간이 흐르면서 각자 따로 하는 것들이 생겼다. 원래는 음악 취향이 비교적 비슷해서 공연도 늘 같이 보러 갔지만, 마룬5 공연을 기점으로 각자 알아서 원하는 공연을 보러 가게 됐다. 서로의 영역을 존중하는 건 좋은 일이다. 괜히 상대방 취향에도 맞지 않는 영화나 공연을 데려가서 지루하진 않을까 노심초사하는 것보다 훨씬 좋다. 그래도 방탄소년단 공연은 같이 보러 간다.

함께할 수 있는 건 같이 하고, 각자 하고 싶은 건 각자 하며 보내는 주말이 좋다. 물론 혼자 하는 것보다는 둘이 함께할 때 더 재밌는 것들이 많다. 그래서 결혼해 사는 지금의 삶에 만족한다. 누군가와 술이 마시고 싶을 때, 동행이 필요할 때 연락처 목록을 뒤지지 않아도 되기 때문이다. 사실 주말이랍시고 딱히 대단한 일을 해야하는 것도 아니고 말이다.

그래서 이번 주 주말에는, 우리 뭘 할까?

애교 공화국
×
대한민국 국민으로서

몇 해 전 〈라디오 스타〉에 어느 걸그룹이 나왔다. 어려운 무명 생활을 딛고 이른바 대박을 터뜨린 뒤 한류 스타의 반열에 오른 그들은, 이제는 어엿한 중견 가수였다. 문제는 MC들이 막내 멤버에게 오랜만에 애교를 보여 달라고 요청하며 시작됐다. 몇 번이나 거절하던 그녀는 끝내 울고 말았다. 그 때문에 당시 그녀는 시청자들에게 욕을 좀 먹었던 것으로 기억한다. 나도 그때는 '뜨더니 초심 잃었네'라고 생각했으니까. 그런데 재작년 즈음 각종 연말 시상식 레드카펫을 보다가 깨달았다.

아. 이 나라는 애교에 미쳤구나.

수년이 흘러서야 무리한 애교 요구에 눈물을 보였던 그녀의 마음이 이해가 됐다.

레드카펫에 등장하는 모든 참석자는 애교를 강요받고 있었다. '팬들에게 애교 한번 보여 주세요'라는 리포터의 요구에 그들은 열심히 얼굴을 찡긋하고 손으로 하트를 만들거나 혀 짧은 소리를 내며 각종 애교를 선보였다. 물론 그 장면을 좋다고 보는 이도 있었겠지만, 끊임없는 애교 강요는 내 눈에 기괴해 보였다.

애교는 정말로 대한민국만의 문화다. 이미 유튜브에는 우리나라 연예인들의 애교에 대해 외국인의 리액션을 보여 주는 동영상이 많다. 혹자는 애교를 여성 인권이 낮은 후진국에서나 볼 수 있는 문화라 깎아내리는데, 적어도 나는 그렇게 생각하지 않는다. 애교는 남자들도 많이 부리니까. 아랫사람이 윗사람에게 잘 보이기 위해, 혹은 불리한 상황을 면피하기 위해 때로 발동하는 기술이 애교이기도 하다는 점에서 '약자의 문화'라고도 하는데, 애교를 군이 그런 상황에만 적용하고 싶지 않다.

세상에는 다양한 매력이 있다. 귀여움, 섹시함, 건강함, 연약함, 청순함, 당당함. 서구권에서 이성적 매력이 주로 건강하고 섹시한, 섹스어필한 측면이 부각됐다면 오랜 세월 유교 문화가 지배적이었던 우리나라는 적극적이지 않으면서도 본인의 매력을 이성에게 표출하기 위한 '은근한 매력'을 발달시키지 않았을까? 게다가 귀여운 것을 이길 상대는 세상에 없지 않은가. 고양이의 꾹꾹이는 천하장사도 못 들어 올린다는 눈꺼풀을 들어 올리고 겨울날 따뜻한 이불 속을 박차고 일어나게 해 준다. 생각만으로도 입가에 미소가 지어진다.

애교의 기원과 발달이 어떻게 되었건 이 신비한 기술은 연인과 부부 관계를 더욱 돈독하게 만들어 주는 역할을 하기도 한다. 평소에는 퉁명스럽고 무뚝뚝하던 상대가 갑자기 귀여운 짓을 한다고 생각해 보자. 물론 애교를 부리는 사람이 누구냐에 따라서는 입을 틀어막고 화장실로 뛰어갈지도 모르겠지만, 사랑하는 사람의 귀여운 짓을 고깝게 볼 사람은 아무도 없다.

연애를 할 때는 남편이 참 재미없는 사람이라고 생각했다. 얼굴은 잘생겼지만 조금 재미는 없네. 뭐, 사람이 완벽할 수 없으니까, 이 정도면 괜찮지. 그런데 결혼을 하고 같이 살아 보니 남편만큼 재밌고 귀여운 남자가 없다. 아마도 함께 살면서 유머 코드가 비슷해진 탓도 있는 것 같다. 관심사도 비슷한 편이고. 설령 관심이 없다 하더라도 옆에 앉아 남편이 보는 걸 곁눈질이라도 하다 보면 자연스레 깨우치게 된다. 남편이 어느 날 파마한 내 머리를 보고 '푸들 같다'라고 하는 게 무슨 의미인지, 어떤 모습인지.

남편은 단둘이 있으면 애교도 잘 부린다. 이건 순전히 나한테서 배운 거다. 왜냐면 내가 애교가 넘치기 때문이다. 나는 무뚝뚝하고 덤덤한 편이라 평소에는 애교의 'ㅇ'도 비치지 않지만, 나를 안 지 10년 정도 된 사람들은 다 알고 있다. 내가 얼마나 애교가 많은지를 말이다.

원래 타고나기를 애교가 많았다. 할머니는 어렸을 적 나를 보고는 '쟤는 누굴 닮아 이렇게 애교가 많노' 하셨다. 그러다가 유치원과 초등학교에 입학하고 자연스럽게 사회화 과정을 겪으며 애교를 은연중에 봉인했다. 아무래도 잘 모르는 사람들에게 애교를 보여 주는 건 부끄러웠고, 친구들 앞에서 귀여움을 어필하기에 나는 키가 너무 컸다. 그렇게 애교는 잊혀져 갔다.

지금의 남편을 만나 연애를 하면서 내가 얼마나 애교가 많은지를 다시 알게 되었다. 그리고 우리는 서로의 능력과 매력을 발굴하고 개발하기도 했다. 애교는 부부에게 있어 틀림없는 하나의 윤활제 역할을 한다. 실제로 사회생활에서 잘못을 애교로 얼버무리는 건 대단히 잘못된 일이지만, 부부 관계는 옳고 그름과 실리를 따지는 관계가 아니다. 서로를 충분히 이해하고 양보하고 배려하며 함께 살아야 하는 관계다.

그래서 오늘도 우리는 서로 까르르거리며 잘 산다. 남들
에게는 애교를 꼭꼭 숨긴 채.

파티는 둘이 해야 제맛.

결혼 후의
×
인간관계

"야, 너는 진짜 그대로다."

결혼하고 얼마 지나지 않아 들었던 말이다. 나도 남편도 친구들 중에서 가장 먼저 결혼했기 때문에 주변에는 결혼한 친구가 없었다. 아이를 일찍 가지고 싶은 생각이 없었기 때문에 여전히 결혼 전처럼 지냈다. 친구들도 만나고 퇴근 후에는 남편과 데이트도 즐겼다. 하지만 인간관계라는 것은 필연적으로 변하기 마련이다. 하나둘 친구들이 결혼하기 시작하며 결혼을 하고 나서 단 한 번도 만나지 못하는 친구들이 늘어 갔다. 그러면서 조금씩 사람이 보이기 시작했다. '아, 애는 결혼하면 더 못 보겠구나' 하는 느낌을 알게 된 것이다.

결혼 전의 친구들은 큰 노력을 기울이지 않아도 만날 수 있었다. 갑작스럽게 시간이 남아서, 이번 주말에 할 일이 없어서, 대부분은 별것 아닌 이유였다. 어렸을 적 친구를 만날 때 그랬던 것처럼 말이다.

결혼한 친구들의 삶은 빠르게 자신의 가족을 중심으로 재편되어 갔다. 결혼식에서 오가는 인사말은 인사치레가 됐다. '신혼여행 갔다 와서 조만간 보자', '부부끼리 같이 술 한잔하자', '집들이 할게, 놀러 와' 등등. 그 대부분은 지키지 못할 약속이었다. 친구들이 결혼하고 머지않아 아이를 낳으면서, 친구는 일부러 시간을 내서 만나야 하는 귀한 존재가 됐다. 자주 만나는 친구의 정의도 바뀌었다. 그들은 일주일에 두세 번씩, 같은 동네에 사는 또래 아이를 둔 엄마들과 만났다.

서운한 감정은 없었다. 서로를 위해 좋은 일이었다. 아이가 없고, 아이를 좋아하지 않고, 아이를 다루는 법을 잘 모르는 내가 친구와 함께 아이를 보는 건 힘든 일이었다. 귀여운 아이는 정말로 귀여웠지만, 그렇지 않은 애들은 전혀 귀엽지 않았다. 아주 친한 사이라면 또 모르겠는데, 내 친한 친구들은 여전히 결혼을 하지 않았거나 아이가 없다. 닮아서 친구인지, 그렇게 살다 보니 절친이 되었는지는 알 수 없지만 말이다.

가족이 먼저인 것은 나도 마찬가지였다. 다만 나의 가족
은 남편과 나, 둘뿐이었다. 그리고 무엇보다 그 시절의 나는
'결혼하더니 변했네'라는 말을 듣기가 싫었다. 나는 남들과
는 달라야 했다. 결혼을 해도 여전히 쿨하고 독립적인 멋진
싱글 여성처럼 살 것이라고 마음먹었기 때문이다. 그리고
그럴 수 있을 것이라 생각했다. 그런데 문득 깨닫고 보니 주
변이 변해 있었다. 아주 많이.

결혼해서 인생이 달라지기도 하지만, 결혼하지 않아도
인생은 달라졌다. 남편의 친구인 J는 결혼식에서 '편지' 역
할을 맡았었다. 우리 결혼식에는 주례가 없어서 각 집안의
아버지들이 한마디씩 축사를 준비해 주셨고, 신랑과 신부의
친구가 한 명씩 준비한 편지를 읽기로 했었다. J와는 결혼
전부터 셋이 자주 놀았었다. 그는 편지에 '결혼 후에도 같이
놀아 달라'라고 했고, 정말로 우리는 결혼한 후에도 거의 주
1회는 만나 함께 술을 마셨다. 몇 년 동안 우리는 즐거웠다.
그동안 J는 내 친구 P와 사귀었고, 서로 잘 이해되지 않는 이
유로 헤어졌다. 당시 J는 P가 세상물정을 모르는 어린애라
고 했다.

"그림 그리는 일을 하고 싶대."

그는 직접적으로 말하지 않았지만, 대학교와 대학원에서

그림과는 전혀 상관없는 전공을 하고, 역시 전혀 상관없는 회사를 다니다가 갑자기 그림을 그리겠다는 P를 허황된 꿈을 좇는 철부지라고 생각한 것 같았다. 글을 쓰다가 그만둔 J로서는 P가 한심해 보였을지도 모르겠다. 그 다음 해에 J는 한국을 떠났다. 얼마 후 P는 그림을 배워 정말로 일러스트레이터가 되었다. J는 태평양 서부의 어느 섬나라에서 산다고 했다. 한국에 돌아오면 보자고 한 지 벌써 몇 년째지만, 처음 1년째를 제외하고는 단 한 번도 보지 못했다. 결혼을 하건 하지 않건 인간관계가 변해 가는 건 필연적이다.

지금 내 인간관계는 많이 바뀌었다. 고등학교 친구들 중에서도 서로의 관심사가 맞는 애들끼리 더 많은 대화를 나누게 됐고, 서울을 떠나 지방으로 이사를 오면서 또 새로운 인간관계가 생겼다. 지금 내 베스트 프렌드는 나이가 6살 많은 언니고, 아이도 있다. 이제 나는 친구가 데려온 아이들 앞에서 더 이상 쩔쩔매지 않는다. 초등학생 아이들과 카톡으로 게임을 하고, 스티커 같은 선물을 주고받을 정도로 성장했다.

이 역시 결혼 전에는 상상도 할 수 없었을 인간관계다. 아이를 대하는 데 서툴던 내가 이렇게 아이들과 소통할 수 있게 된 것은 부단한 노력의 결과다.

인간관계도 역시 노력해야 하는 법이다.
그리고 어른이 되어서도 여전히 성장할 수 있다는 건 기
쁜 일이다.

화해의
×
미학

결혼한 지 10년이 다 되었는데도 여전히 서로 보고 싶다는 카톡을 주고받으며 알콩달콩 지내는 우리를 보면 사람들은 으레 다음과 같은 질문을 한다.

"싸우지는 않아요?"

돌이켜 보면 싸운 적이 거의 없다. 물건이 날아가는 건 물론 고성이 오가는 일도 드물다. 나는 자주 욱하고 짜증을 잘 내며 신경질적인 면이 있지만, 치열한 사회화 끝에 밖에서는 그런 부분을 잘 표출하지 않게 됐다. 대신 일상의 사소한 부분에서 짜증을 견디지 못할 때가 있는데, 착한 남편은 인내와 넓은 아량으로 내 신경질을 잘 받아 준다. 남편의 하해와 같은 마음씨가 싸우지 않는 비결의 전부는 아니다. 나 역시 무던히 노력한다. 날 선 말투를 고치려고 노력하고, 한마디 덧붙이기 전에 두 번 세 번씩 생각한다. 그렇게 가능한 한 싸울 일을 만들지 않는다.

우리가 결혼하고 처음 싸운 것은 3, 4년 정도 되었을 때 였던 거 같다. 그때도 치고받고 싸운 건 아니었다. 내가 일 방적으로 화를 냈다. 무엇 때문이었는지 구체적인 사건은 기억나지 않는다. 나는 나빴던 기억은 금방 잊어버리는 편 한 뇌를 가졌다. 어쨌든 그때는 너무 화가 났고, 슬펐고, 외 로웠다. 남편은 내 기분을 전혀 이해하지 못했다. 평일 저녁 이었다. 남편은 먼저 자러 들어갔다. 지금도 그렇지만 기분 이 상하는 일이 있을 때 남편은 자신의 마음이 먼저 정리되 기 전까지 아무 말도 하지 않는다. 그에 관해 대화를 하는 것 조차 싫어한다. 나는 그 반대다. 화가 났으면 대화를 해서 풀어야 한다. 찝찝한 게 있으면 참지 못한다. 무엇에 서로 기분이 상했는지 조목조목 따져 보고, 앞으로는 같은 일로 불편하지 않도록 조율해야 한다고 생각한다.

남편은 내가 얼마나 슬펐는지 알지 못하는 것 같았다. 그 냥 내버려 두면 저절로 풀리겠거니 생각했는지도 모르겠다. 쉽게 잠들 수 없었다. 밤새 뒤척이다 메일을 썼다. 흥분하지 않고 논리적으로 내 생각을 말로 전달하기란 어려우니까, 글을 택했다. 그렇다고 손편지를 쓰기에는 오랫동안 연필을 쥐지 않은 내 손가락이 감당하지 못할 터였다. 울면서 메일을 썼다. 몇 번이나 고치고 문장을 다듬었다. 남편은 출근해서 그 메일을 읽었다. 퇴근하고 돌아온 남편은 미안하다고 했다. 내가 그렇게 마음이 상했는지 몰랐다며, 반성한다고 했다. 그제야 마음이 풀렸다. 나는 또 울었다.

싸웠을 때 분노의 감정은 화해에 전혀 도움이 되지 않는다. 쓸데없는 자존심은 더욱 그렇다. 얄팍한 한 장의 자존심 때문에 얼마나 많은 연인이 헤어지고, 친구들이 우정을 버렸는가? 사적인 인간관계뿐만 아니라 일을 함에 있어서도 자존심을 내세우는 건 하등 도움이 되지 않는다는 걸, 사회 생활 좀 해본 사람들이라면 다 알 것이다. '죄송합니다' 한 마디면 될 것을 구구절절 변명을 늘어놓은 탓에 신뢰도 실익도 잃은 사람 역시 한둘이 아닐 것이다.

화해를 하는 가장 좋은 방법은 싸우지 않는 것이다. 화해 할 일조차 없으니까. 하지만 우리는 서로 다른 인간이기에 때로는 핏대를 올리며 싸운다. 그걸 묻어 두고 갈지, 차분하게 대화로 풀어 갈지는 선택이다. 대화가 반드시 옳은 것도 아니다. 어떤 생각은 도저히 이해할 수 없어, 그냥 '저 사람은 그러니까' 하고 넘어가는 게 상책일 때도 많다. 결국 스스로 부딪혀 보지 않으면 모르는 일이다. 그러니까 싸우고 화해하며 스스로 가장 좋은 방법을 찾아가야 하지 않을까? 결국에는 그 과정도 각자의 서로 다른 인생이고 역사니까.

사랑이
×
어떻게 변하니?

부부끼리는 하지 않는 것이 있다. 식당에서의 대화. 밥을 먹으러 마주 앉았는데 아무 말이 없는 커플이 있다면 그들은 십중팔구 부부다. 싸움 직후의 커플이라는 예외도 있지만 그건 어디까지나 소수의 예외다. 부부는 뭘 주문할지에 대해 짧은 대화를 나눈 후 밥이 나오기까지 각자 스마트폰이나 보면서 시간을 보낸다. 몇 마디를 서로 나누기는 하지만 극히 필요한 말만 오갈 뿐이다. 밥이 나오면 전투적으로 먹기만 한다. 먹고 나서는 더 엉덩이를 붙이고 있을 이유도 없어 금세 일어난다. 식당 입장에서는 아주 좋은 손님이다.

진한 스킨십도 하지 않는다. 프렌치 키스는 연인들이나 하는 거지, 부부끼리는 그런 거 안 한다. 생각만 해도 팔뚝에 소름이 돋는다. 우리는 여전히 신혼처럼 깨가 쏟아지는 편이지만, 쪽쪽 뽀뽀로 끝낸다. 혀와 혀의 만남이라니, 생각만 해도 눈살이 찌푸려진다. 가끔 코를 통해 곧바로 들어오는 타인의 숨결은 매우 불쾌하다. 언제나 직배송이 좋은 것만은 아니다.

어렸을 때는 이해가 되지 않았다. 사랑해서 결혼했으면서(그때는 사랑 없이도 결혼할 수 있다는 사실을 몰랐다) 왜 연애 때처럼 열정적일 수 없는 걸까? 변함이 없어야 진짜 사랑이 아닐까? 변하는 게 무슨 사랑이야? 그런 건 사랑 아니야. 변하지 않는 것만이 사랑이라고 믿었던 그 시절로부터 20년이 넘게 지난 지금, 이제는 세상에 변하지 않는 것 따위 없다는 걸 잘 알고 있다. 다이아몬드는 영원하다지만, 나는 지금 광물 얘기를 하고 싶은 것이 아니다. 오히려 변해야 더 아름다운 것도 있다. 사람도 마찬가지다. 여전히 좁은 식견과 낡은 생각을 고집하는 사람만큼 한심한 인간도 없다. 문화는 발전하고 인간은 성장해야 한다.

연애 때는 헤어지는 게 아쉬워서 집 앞 공원에 몇 시간을 앉아 있곤 했다. 우리 집 근처에 대청공원이라는 작은 공원이 있었다. 주변은 주택가인 데다 바로 옆에 초등학교가 붙어 있는 만큼 아주 건전한 장소였다. 흔하게 공원을 점령해 담배를 피우며 킥킥대는 불량 청소년도 없었다. 공원을 찾는 이들은 대부분 운동복에 안경을 쓴 중고생이거나 산책 나온 동네 사람들이었다. 그곳에 어울리지 않게 대학생 커플이었던 우리는 어둑한 나무 그늘 벤치에 앉아 남몰래 입을 맞추기도 했다. 생각해 보면 그야말로 '커쿼', 커플 바퀴벌레다.

한시라도 떨어져서 살 수 없고 조금이라도 더 내밀하게 살을 맞대는 것이 사랑의 증표였던 열정적인 연애 시절을 지나, 이제는 매일 싫든 좋든 얼굴을 마주치며 살아야 하는 부부의 사랑은 많이 다르다.

더 이상 우리는 공원에 앉아 사랑을 속삭이지 않는다. 대신 그늘막을 쳐 놓고 각자의 시간을 보낸다. 책을 읽거나, 음악을 듣거나, 글을 쓰고 그림을 그리거나, 게임을 하거나, 낮잠을 잔다. 같은 공간에서 따로 시간을 보내도 전혀 서운하지 않다. 연애 때 우리는 서로에게 돌봐 줘야 할 화분 같은 존재였다면, 이제는 공기와도 같다. 아무것도 하지 않아도 편안하고, 없어서는 안 되는.

연애를 할 때 가장 불만이었던 것은 같이 있으면서도 여전히 다른 곳에 한눈을 파는 남편의 태도였다. 남편은 국정원 직원이 적성에 맞지 않을까 싶을 정도로 타인의 삶에 관심이 많으며, 옆 테이블 이야기 듣는 것을 좋아한다. 물론 그렇다고 관음증이 있는 것은 아니다. 옆에서 들려오는 대화를 무심히 흘려버리지 않는 섬세함을 가지고 있다고 하

자. 연애 때는 그게 몹시도 불만이었다. 내 이야기에 집중하지 않고 남의 이야기만 들으니까. 그래서 화를 내고 울기도 했었다. 남편은 미안해했는데, 그 버릇이 고쳐지진 않았다. 몇 년을 만난 우리는 더 이상 새롭게 나눌 이야깃거리가 없었기 때문이었다. 만나지 못한 며칠간 일어났던 일들은 이미 전화나 문자 메시지로 다 이야기해 버렸기 때문에 일상적인 이야기조차 나눌 것이 없었다. 도무지 남편의 주의를 내게 붙잡아 둘 구실이 없었다.

그래서 해결책은? 남편과 함께 옆 테이블 이야기를 듣기 시작했다. 사실 이건 제법 재밌다. 옆 테이블이 가족이라면 낭패지만(그들은 정말로 말이 없다) 남녀 한 쌍이라면 흥미진진하기 그지없다. 우리는 들려오는 그들의 대화로 그들이 연인인지 친구인지, 연인이라면 만난 지 얼마나 되었고 어느 정도로 친밀한지, 친구라면 앞으로 연인 발전 가능성이 있는 사이인지 등을 가늠한다. 이는 〈짝〉이나 〈하트 시그널〉 같은 짝짓기 프로그램을 보는 시청자의 마음과 같다. 더 이상 둘 사이에 드라마틱한 일이 일어날 가능성이 거의 없는, 오래된 커플의 무해한 놀이다.

한번은 동네 새마을식당에서 밥을 먹는데 심각한 얼굴을 한 커플이 들어와서 밥을 먹었다. 들리는 대화로 추측건대 그들은 이제 헤어지기로 한 것 같았다. 무슨 그런 얘기를 24

시간 연탄불고기와 7분 김치찌개를 파는 새마을식당에서
하지? 개그콘서트에서 그런 유머가 유행하던 시절이었다.
여자는 울먹이고 있었고 남자의 얼굴은 착잡했다. 그들은
나온 밥을 먹는 둥 마는 둥 하고 자리에서 일어났다. 몇 걸음
떨어진 그들의 사이에는 어색한 침묵이 감돌았다. 우리는
그들이 헤어지는 모습을 창 너머로 보았다. 마지막 입맞춤
도, 손의 마주침도, 그 무엇도 없었다. 우리는 별일이 다 있
다며 김치찌개를 먹었다. 흰 쌀밥 위를 적시는 김치찌개 국
물과 그 위를 뒤덮은 고소한 김 가루는 타인의 불행 앞에서
도 여전히 맛있었다. 나와서 우리는 손을 잡고 걸었다.

지금도 우리 부부는 밖에 다닐 때 손을 잡고 다닌다. 덕분
에 아주 사이가 좋다고 온 동네에 소문이 자자하다. 많은 부
부가 손조차 잡지 않는다. 그래도 이제는 그들을 이해한다.
매일 아침 눈을 떠서 잠들 때까지 서로의 살과 얼굴을 부대
끼는 가운데, 생활의 일부로서 상대를 받아들이고 살아가기
로 한 것이니까. 언제나 연애 때처럼 활활 타오르는 불꽃 같
을 수는 없다. 그저 이제는 불씨를 재 속에 묻어 두고, 은은
하게 열기를 발하면 되는 일이다.

조금씩 조금씩,
×
이제야 어른

스무 살이 되면 어른이 되는 줄로만 알았다. 처음 주민등록증을 받았을 때는 모두가 그렇듯 고등학생이었다. 종일 수능 문제집을 붙들고 있던 때였다. 플라스틱 신분증 속 사진은 흐릿했다. 그걸로는 아무것도 할 수 없었다.

어른이란 걸 실감했던 때는 수능을 치르고 해가 바뀌어 친구들과 술집에 앉아 미래를 이야기할 때였다. 그곳의 분위기와 푸른 조명이 아직도 기억난다. 테이블과 의자는 조금 높았고, 술은 전혀 맛이 없었다. 그냥 어른 기분을 내고 싶었던 것 같다. 그때의 나는 아직 합격한 대학이 없어 앞날이 불투명했다. 혹시나 1년 더 그 공부를 해야 할지 모르는데도 나는 정말로 천하태평이었다. 친구의 친구가 와서 같이 나이트에 가자고 했지만 거절했다. 그리고 며칠 후 합격 통보를 받았다.

대학생 때는 그냥 애였다. 어른 흉내도 못 내고 살았다. 매일 열정적으로 술을 마셨지만, 그건 술이 맛있어서가 아니라 그냥 술자리와 사람들이 좋아서였다. 수업이 끝나고 일찍부터 술잔을 기울이고 있으면 하나둘 모였다. 가정집을 개조해 만든 허름한 술집의 술국, 언제나 마지막은 감자탕집이었다. 돌이켜보면 한심한 기억이 대부분이지만 덕분에 남편을 만났다. 남편과 연락처를 교환한 것은 마흔 명은 넘었을 모임에서 1차, 2차, 3차를 거듭하며 살아남은 마지막 자리에서였다. 남편은 거기 남은 유일한 남자 선배였고, 나는 그와 번호를 교환한 세 명의 여자 후배들 중 하나였다. 그중 유일하게 밥을 사 달라고 연락한 후배는 나뿐이었다. 술이 아니었더라면 술김에 좋아한다고 말하는 일도 없었을 것이다. 나는 겁쟁이니까. 그렇게 술의 힘을 많이도 빌리고 다녔다.

술의 맛을 알면 어른이 된다는데, 술이 맛있다고 생각한 건 직장 생활을 시작하고서였다. 퇴근 후 마시는 맥주 한 캔이 너무 좋았다. 맥주는 병에 든 게 더 맛있지만, 캔을 딸 때의 그 청량함을 놓칠 수 없었다. 딸깍 하고 알루미늄 캔 뚜껑이 열리는 소리와 푸싯 하고 김이 빠지는 소리. 꿀꺽꿀꺽 경쾌하게 맥주가 목구멍을 넘어가면 알싸한 탄산이 식도를 때리고 알코올이 하루 종일 수고한 몸을 축축이 적셔 줬다. 그야말로 '크' 소리가 절로 나왔다. 맥주와 감자 칩 한 봉지와 재미있는 드라마만 있으면 천국이 따로 없었다.

술맛을 알았다고 해서 어른이 되었냐고 하면, 또 그것은 아니었다. 사회 초년생은 겁이 없고 개념도 없었다. 아무리 복장이 자유롭고 사원들의 평균 연령이 20대 후반인 젊은 회사였다지만 아디다스 숏 팬츠에 슬리퍼는 출근에 걸맞은 차림은 아니었다(정말 나는 '개념 없는 신입'이었다). 그런데도 아무도 뭐라고 말하지 않았다.

서른이 넘어 다녔던 회사에서는 수많은 인턴을 관리했다. 그중에 레깅스를 입고 회사에 오는 인턴이 있었는데, 티셔츠에 운동할 때 입는 레깅스 하나만 입고 출퇴근하는 모습이 윗분들 눈에는 영 아니었나 보다. 하루는 과장님이 나를 불러 '인턴 옷차림이 보기가 좀 그러니 한마디 해 줘라'하고 주문했다. 나는 인턴들을 회의실에 불러 놓고 'TPO에 걸맞은 옷차림'에 대해 설교를 늘어놓을 수밖에 없었다. 레깅스만 입고 다녀도 아무렇지 않은 세상이지만, 회사에서는 좀 그렇지 않겠니? 뭐라고 말해야 좀 덜 꼰대 같아 보일지 알 수 없었다. 다행히 그녀는 내 의도를 잘 이해해 줬고 많은 세월이 흐른 지금도 종종 연락하며 사이좋게 잘 지내고 있다.

사실 내 사회 초년생 시절을 떠올리면 인턴에게 '회사에서의 올바른 옷차림'에 대해 뭐라고 할 만한 입장은 아니었다. 새삼스레 부끄러워 얼굴이 화끈해진다. 그때는 아무것도 모르는 젊은이들의 열정을 착취해 버티는 회사라며 온갖

욕을 하고 다녔는데, 사실은 그런 젊은이들의 자유로움과
창의성을 해치지 않기 위해 너른 마음으로 이해해 주었던
회사가 아니었을까? 그래서 지금도 문득 생각날 때가 있다.
'좀 더 잘할걸' 하는 후회는 덤이다.

사회생활을 겪으며 어른이 되어 가듯 연애도 결혼 생활
도 마찬가지였다. 이놈 저놈 별의별 놈들을 다 보고 나니까
남자를 보는 눈도 생겼지만, 나이가 든다고 해서 꼭 좋은 남
자를 만날 확률이 높아지는 건 아니었다. 나는 운이 좋게도
좋은 남자를 잘 알아봤고 결혼해서 행복하게 살고 있지만
말이다(그렇다. 이건 뻔뻔하지만 자랑이다).

운이 좋아서 아무런 노력도 하지 않은 건 아니었다. 제멋
대로이고 욱하는 성격을 많이 죽였다. 말이나 행동을 하기
전 남의 입장에서 한 번 더 생각하게 됐다. 오히려 이건 결혼
하고 나서 더 많이 바뀐 부분이다. 내가 싫은 건 상대방도 싫
으니까, 내가 듣기 싫은 말은 나도 하지 않았다. 이를테면 오
랜만에 친구들과 즐겁게 보내는 중인데 전화를 해서 언제 들
어오냐고 닦달을 한다거나, 잔소리를 늘어놓는다거나. 남
편과 살며 비로소 어른이 된 기분이 든다. 결혼하기 전의 25
년보다, 남편과 산 10년 동안 나는 더 많이 변했다. 제멋대로
날뛰던 야생동물이 이제야 길이 든 느낌이다. 남편은 동의하
지 않을지도 모르겠지만, 뭐 내 생각은 그렇다.

남편이 그런 말을 한 적이 있다. 회사 윗사람들은 다들 나보다 먼저 퇴직할 사람들이고, 후배들은 더 늦게 들어왔으니까 앞으로 더 오래 볼 사람들이잖아? 그러니까 후배들한테 잘해 주는 거야. 후배에게 아낌없이 베푸는 남편이 의아해서 했던 질문에 대한 대답이었다. 그때 큰 깨달음을 얻어 그 후로는 후배에게 아낌없이 잘해 줬다. 진심이 통한 적도 있고 통하지 않은 적도 있었지만, 많은 후배가 '선배님 같은 사회인이 되겠습니다'라고 해 줘서 기뻤다. 그들 중에는 이제 뭐 하고 사는지조차 모르는 이들도 있지만 상관없다. 또 그들은 그들의 후배에게 잘해 주면 그만이다. 씨앗은 꼭 2세만으로 뿌리는 게 아니라는 걸, 이 멋진 사실을 남편을 통해 배웠다.

작년 크리스마스 즈음 친했던 학교 선후배들이 놀러 왔다. 서울에서 지낼 때는 종종 모여서 크리스마스 파티를 했지만, 강릉까지 와 준 건 처음이어서 더 반가웠다. 이른 저녁부터 대학생 때처럼 먹고 마셨다. 조주기능사 자격증이 있는 후배가 칵테일을 만들어 줬다. 다이소에서 사 왔다는 술 게임을 했다. 즐거웠다. 여전히 변함이 없다면 변함없지만, 우리는 다 조금씩 변해 있었다. 후배들은 결혼을 앞두고 있었고 그중 한 명은 같이 사는 남자 친구를 데려왔다(그들의 과거 연애사를 알고 있지만 입을 굳게 다물었다). 대학생 때 매일 술을 같이 마셨던 선배에게는 이제 술 좀 줄이고 운전 조심하라고 잔소리를 했다. 그는 대학생 때 술을 마시고 넘어져 뇌

출혈을 겪은 적이 있으며, 지금도 혼자 살고 있다. 결혼 생활 십 년에 오지랖만 늘었다.

여덟 시간에 걸쳐 술을 마시고 다음 날 아침에 일어나 바닷가 근처 식당에서 매운탕과 회무침을 먹었다. 늘 둘만 가던 식당에 이렇게 많은 인원이 함께하는 건 처음이었다. 그들은 거기서 또 맥주를 나눠 마셨다. 나는 운전을 하느라 마시지 않았다. 걸어서 안목해변까지 갔다. 커피집이 많아 주말이면 관광객으로 북적이는 그곳은 과연 사람이 많았다. 방파제를 걸으며 쓸데없는 농담을 했다.

선배가 나더러 많이 둥글어졌다고 했다. 옛날에는 좀 더 날이 서 있었다며. 아마도 그건 남편의 영향일 것이다. 남편은 정말로 성격이 좋다. 십 년을 부대끼며 내 거친 모서리는 깎이고 다듬어졌을 것이다.

선배는 말했다.

"아, 나도 형이랑 결혼하고 싶다."

선배 하나가 노래를 부르기 시작했다. 신경 쓰는 사람은 아무도 없었다. 바람이 세차게 부는 방파제 위에는 관광객이 드문드문 있을 뿐이었다. 우리는 미친놈이라며 낄낄거렸다. 여전히 철없는 어른으로 보였을 것이다. 해변에 설치된 포토존에서 사진을 찍고, 그들을 역까지 데려다줬다. 집에 돌아와서 쓰레기를 치우고 단톡방에 찍은 사진을 올렸다. 지난밤의 사진이 쏟아져 들었다. 남편과 나는 거실 소파에 앉아 각자의 스마트폰으로 사진을 봤다.

"생각해 보면 벌써 그 사람들 처음 만난 지도 10년이 더 지났어. 그땐 진짜 어렸는데."

"그땐 정말 매일 술 먹어도 아무렇지도 않았지."

"감기약 먹고 술 먹고 그랬는데!"

"…그랬어?"

"이제 다시는 안 그래. 간은 소중하니까. …다음에도 또 이렇게 놀면 좋겠네."

언제 그들을 다시 만날 수 있을까? 돌아서면 또 다음 날 만나 해장술을 마셨던 어린 시절을 지나, 각자 다른 장소에 서 다른 삶을 살고 있는 사람들이다. 아마 다음 만남은 기약이 없을 것이다. 많은 이들이 다음을 약속했다. 다음에는 밥 한번 먹자, 다음에는 꼭 모이자, 다음 파티는, 다음 여행은. 어떤 약속들은 지킬 수 없을 것이란 걸 이제는 안다. 그럼에도 다음을 기약한다. 운이 좋으면 우리는 다시 만날 것이다. 또 지금 서 있는 곳에서 조금씩 성장했을 것이다. 우리는 여전히 어른이 되는 중이다.

누군가와
×
함께 살아간다는 것

화장실에 들어간 아내가 화를 내며 나온다. 씩씩대는 그녀는 분통을 참지 못하는 모습이다. 그녀는 소파에 누워 배를 긁으며 텔레비전을 보는 남편을 향해 소리를 지른다.

"내가 변기 뚜껑 내리라고 그랬지!"

나는 그녀의 분노를 이해할 수 없었다. 올라간 변기 뚜껑은 내리면 될 일이었다(정확히 말하자면 변기 '뚜껑'이 아니라 '변좌'다). 그게 그렇게 화가 날 일인가? 별로 수고스러운 일도 아닌데 말이다.

하지만 변기에 분노하는 여성들이 꽤 많은지, 이 소재는 결혼한 커플 간 싸움의 단골 소재로 쓰였다. 연예인들이 우르르 계단에 모여 앉아 부부 생활에 대한 수다를 떠는 프로

그램에서는 꼭 변기가 화두에 올랐다. 그녀들은 남자들이 소변을 보고 변좌를 원위치로 돌려놓지 않는 것에 분노했다.

물론 살펴보지 않고 변기에 앉아서 변기 물에 엉덩이를 적셔 버렸다면 여성 입장에 매우 화가 날 만한 일이라는 생각도 든다. 그런데 애초에, 물을 내릴 때는 변기 뚜껑까지 확실히 닫아 주는 것이 좋다. 눈에는 잘 보이지 않지만, 변기 물이 내려갈 때 물이 굉장히 많이 튀어서 거울 앞이나 칫솔에까지 튈 수도 있으니 말이다.

뉴욕대 연구팀에서 뚜껑을 열고 변기 물을 내리는 실험을 했다. 대체 뭐 하는 연구팀인지 모르겠지만 아무튼 했다. 그들은 실험 후 변기 물의 소용돌이가 병균과 미생물을 최대 6m까지 날릴 수 있다고 결론을 내렸다. 우리나라에서도 그와 비슷한 실험을 했다. 2017년 어느 방송에서였다. 변기 물에 형광 염료를 넣고 변기 뚜껑을 열어 둔 채 물을 내렸더니 칫솔과 거울에서까지 형광 염료가 발견됐다. 그러니까 남자든 여자든 변좌는 물론이고 변기 뚜껑까지 철저하게 닫고 물을 내리는 게 좋다는 소리다.

요즘은 앉아서 소변을 보는 남성이 늘어서인지(서서 소변을 누면 이게 또 엄청나게 튀어서 칫솔까지 튄다고 한다. 어쩐지 영원히 고통 받는 칫솔이다), 뚜껑까지 덮는 문화가 정착된 것인지 옛날처럼 변좌를 내리지 않은 문제로 다투는 부부는 줄어든 느낌이다. 아니면 변좌 말고도 다양한 부부간의 갈등이 불거졌기 때문일까? 어쩌면 비혼이 늘어서일까?

누군가와 함께 살아간다는 건 쉽지 않은 일이다. 애초에 긴 시간을 다른 환경에서 살아온 두 사람이다. 다른 집, 다른 가족, 다른 동네. 물론 때로는 같은 동네일 수도 있을 테고 몇몇 장면은 겹칠 수 있겠지만 현관문 안쪽의 풍경은 너무도 다를 것이다. 남의 집 수저 개수까지 안다는 시골 동네에서도 담벼락 안에서 정확히 무슨 일이 벌어지는지는 모를 테니까.

결혼 생활이란 나 자신을 더 잘 알아 가는 과정이다. 인지하지 못하고 살던 생활 습관이나 사소한 좋고 싫음을 누군가와 부딪히면서 깨닫곤 한다.

나는 파인애플 맛 환타는 싫어하지만 오렌지 맛 환타는 좋아한다. 추운 겨울에도 꼭 창문을 활짝 열어 환기를 해야한다. 신발이나 양말은 꼭 왼쪽부터 신는다. 스포츠는 보는 것만 좋다. 이팝나무꽃과 수국을 좋아한다. 매운 음식을 좋아한다. 의외로 직장 생활이 잘 맞다. 겨울의 추운 풍경을 좋아한다. 여름밤의 개구리 울음소리를 좋아한다.

남편은 텔레비전을 보면 잔다. 재밌는 걸 보면 키키킥 하고 웃는다. 세탁 세제와 섬유 유연제를 좋아한다. 커피는 좋아하지 않는다. 휴양지보다는 도시를 좋아한다. 고기를 구울 때는 정신이 없어서 대화를 못한다.

서로를 알아가면서 닮아 가는 것 또한 부부다. 실제로 중년의 부부를 보면 외모가 비슷해서 '남매가 아닐까?'라는 생각까지 들게 만드는 사람들이 있다. 생활 습관이나 성격이야 같이 사니까 비슷해진다고 하더라도, 외모까지 비슷해지는 건 신기한 일이다. 아마 매일 상대방의 얼굴을 보다 보니 표정이나 얼굴을 찡그리는 습관 같은 게 닮아 가서 그렇지 않을까?

외모로 사람을 판단하면 안 된다지만, 나이가 들수록 사람의 얼굴을 봐야 한다. 왜, 마흔이 넘으면 자기 얼굴에 책임을 져야 한다는 말도 있잖은가? 자주 화를 내고 속 좁게 굴고 인상을 자주 쓰는 사람의 미간에는 깊은 주름이 파이기 마련이다. 반대로 자주 웃고 배려하고 넓은 마음으로 베풀다 보면 얼굴도 둥글둥글, 선한 인상이 된다. 그런 사람이 어디 있느냐고? 우리 남편이다. 이런, 또 자랑하고 말았다. 어쨌든 자주 웃어서 나쁠 건 없다. 웃으면 즐거워지는 건 사실이니까.

그러니까 우리, 상대방을 웃기려고 노력하면서 살아갑시다. 누구나 가슴속에 개그 본능 하나쯤은 있는 거잖아요. 아무래도 팔자 주름이 신경 쓰이는 건 사실이지만.

행복의
×
정복

10대 때부터 철학에 심취해 있었다. 태어날 때부터 이미 천주교 신자였지만 마음에 든 것은 불교 철학이었다. '생은 고통이다.' 정말로 그렇다고 생각했다. 철학과에 가고 싶었다. 자유 전공, 인문학부, 1학년부터 학과를 정하지 않고 뭉뚱그려 신입생을 뽑는 유행이 막 시작될 즈음이었다. 2학년이 되면 막상 철학과는 아무도 안 갈 것 같았는데, 한데 묶어 뽑으니 커트라인이 올라가는 건 어쩔 수 없었다. 자기소개서만 열댓 개를 썼다. 마음에도 없는 말을 늘어놓으며 사범대 원서도 썼다.

갈팡질팡하다가 결국 철학과에 가진 못했지만, 철학에 대한 짝사랑을 놓지는 못했다. 공강이면 도서관에 처박혀 전공과는 아무 관련 없는 고전문학과 철학책을 읽었다. 어떤 무리에 속하지 못하면 왕따가 되던 중고등학교 시절과는 달리 대학생은 참으로 편리했다. 아무 데도 속하지 않아도 되었다. 남는 시간에는 원하는 걸 마음껏 할 수 있었다.

20대에는 알베르 카뮈와 그의 스승 장 그르니에에 심취해 살았다. 카뮈가 말하는 '부조리'가 좋았다. 세상은 부조리하고 삶은 부조리하고 인생은 허무하고. 철학에서 '부조리'는 '허무함', '의미 없음'과 일맥상통했다. 그건 내가 숱한 현자들의 철학책을 뒤진 가운데 얻은 가장 큰 진리였다. 일곱 살 때부터 권태를 느꼈던 내게 '권태는 매일 이어지는 일상의 연쇄 속에서 느끼는 의식의 저항이다. 그러므로 권태는 삶의 부조리성을 적극적으로 드러내 준다'라는 카뮈의 해석은 눈을 번쩍 뜨이게 해 줬다. 내 삶의 적이었던 권태라는 감각마저 사랑스러웠다. 카뮈와 나를 이어 주는 가교 같은 느낌이었으니까. 권태 킹왕짱!

카뮈의 글은 문장도 예뻤다. 번역된 문장에서도 반짝반짝 빛이 났다. 원문을 읽고 싶어 교양 불어 수업을 들었지만, 도무지 그의 글을 읽을 만한 수준까지 되지는 못했다. 한 학기가 끝나고 받은 성적표에는 B＋가 선명했다. 즈 느브 빠 트하바예. 내가 기억하는 유일한 불어 문장이다. '일하기 싫다'라는 뜻이다.

버트런드 러셀의 〈행복의 정복〉을 끝으로 더 이상 삶의 의미와 행복을 논하는 책은 읽지 않았다. 당장 삶의 의미나 행복 같은 건 아무래도 상관없었다. 눈앞에는 새로운 삶이 놓여 있었고 나는 그 삶에 뛰어들 생각에 즐거웠다. 연애 끝에 결혼을 했고, 즐겁고 재미있고 화나고 성질 뻗치는 직장 생활이 있었고, 회사를 그만둔 뒤 꿀 같은 휴식 시간이 있었고, 방송국과 각종 현장을 누비는 프리랜서의 삶이 있었다. 삶의 의미나 행복 같은 건 생각할 겨를이 없었다. 게다가 그 책에는 대단히 새로운 얘기가 적혀 있는 것도 아니었다. '살을 빼려면 적게 먹고 운동하세요'라는 말처럼 누구나 알지만 실천하기는 어려운 말들이었다.

그렇게 잊은 줄 알았던 삶에 대한 고민은 서른이 넘어 다시 찾아왔다. 그 녀석은 어느 날 갑자기 나타나 불쑥 문을 두드렸다. 이봐, 나 어디 안 갔다고.

모든 것이 안정적이었다. 결혼 생활이 7년을 넘었고 남편의 직장 생활은 평온했다. 아니, 틀렸다. 모든 것이 안정적이진 않았다. 나만 빼고 모든 게 안정적이었다. 남편은 마지막으로 보냈던 서울에서의 직장 생활을 매우 힘들어했다. 그렇게 힘들면 그만두라고 했다. 내가 벌면 되니까. 월급이 많지는 않아도 빚은 없으니까, 어떻게든 먹고 살 수 있다고. 남편은 사표를 냈지만 수리되지는 않았고, 강릉에 가기를 자처해서 강릉으로 다시 발령을 받았다. 신혼 때 1년을 지내고 다시 찾은 강릉이었다. 1년여간 주말 부부 생활을 한 끝에 강릉에 정착했다. 나 역시 시끄럽고 복잡한 서울살이에 지쳤다는 주문을 외우며.

집에서 대부분의 시간을 보내며 글을 썼다. 어느 날 하늘 높이 날아오르는 공을 보며 소설을 써야겠다고 결심하고 단숨에 군조신인문학상을 받았던 하루키처럼, 마음만 먹으면 얼마든지 멋진 작품으로 데뷔할 수 있을 거라고 생각했다. 하지만 나는 그런 천재가 아니었다. 남편을 출근시키고 나면 집안일을 하고 책상 앞에 앉아 글을 썼다. 누가 봐 줄지조차 알 수 없는 글이었다. 때로는 한 줄도 쓰지 못했다. 끝이 보이지 않는 어두운 터널 속을 걷는 기분이었다. 이대로 살아도 되나 싶었다.

그때 위로가 된 것은 우습게도 만화 〈보노보노〉에 등장하는 삵 캐릭터가 한 말이다. 여우같이도 생겼고 호랑이같이도 생겼고 고양이같이도 생겼는데, 삵이다.

살아 있는 것이 뭔가 목적이 있어서 태어나는 것이 아니다. 우리들은 간단한 존재일 뿐이야.

그렇다. 삶의 의미 같은 건 없었다. 그건 인간들이 거창하게 붙인 이름표일 뿐이었다. 인간이든 동물이든, 태어났으니까 살아가는 거다. 그럼 아무 의미 없는 삶, 살아가는 동안만이라도 행복해지자고, 새삼스레 다짐하게 됐다. 행복하자, 많은 이들이 행복하자고 말하지만 행복해지는 법은 아무도 말해 주지 않았다. 행복의 정의는 저마다 달랐다. 어떤 이는 잘 웃는 것이 행복이라 말하고, 어떤 이는 오히려 잘 울 수 있는 것이 행복이라 말했다. 어떤 이는 행복이라는 단어에 거창한 의미를 부여할 필요가 없다 말했다. 어떤 이는 또 모르겠다고 했다.

사실 나도 행복이 뭔지는 잘 모르겠다. 다만 내가 한 모든 선택들이 행복하기 위한 것이 아니었을까? 물론 그 행복에는 나 혼자만 있지는 않았다. 언제나 남편과 나, 이렇게 둘이었다.

모든 커리어를 내팽개치고 강릉으로 올 수 있었던 것은 나만이 아니라 우리 둘 다 행복하기를 바랐기 때문이었다. 나는 언제나 〈아비정전〉 속의 장만옥을 꿈꿨다. 사랑에 상처 받아도 의연하게 자신의 삶을 살아가는 장만옥이 되기를 바랐다. 하지만 정작 어른이 되어 보니 나는 유가령이 되어 있었다. 사랑하는 아비를 좇아 말레이시아로 간 유가령처럼, 선택의 기로에서 언제나 사랑을 택하고 있었다.

사랑을 택했다고 해서 내 삶을 다 포기한 것은 아니었다.

오히려 이곳에 와서 오랜 꿈을 이루었다. 소설을 하나 완성해 독립 출판으로 책을 냈다. 아마 계속 서울에서 회사를 다니고 있었다면 절대 끝낼 수 없었을 일이었다. 브런치 작가가 됐다. 극단 대표가 됐다. 문화 예술 수업을 하며 아이들이 성장하는 걸 지켜봤다. 지금은 이렇게 출판을 위해 에세이를 쓰고 있다. 그리고 내 곁에는 항상 남편이 있다. 4년의 연애, 10년의 결혼 생활, 강산이 한 번 하고도 반이 더 변할 시간이었다.

좋아했던 장소들은 세월과 함께 사라졌다. 유일하게 단골 가게라 말할 수 있었던 논현동 골목길 구석의 술집은 우리가 서울을 떠나고 얼마 안 있어 다른 동네로 위치를 옮겼다. 그동안 그 가게는 옆 가게까지 터서 가게를 확장했고, 사장님은 결혼해 딸을 낳았다. 퇴근 후 즐겨 술을 마시던 영동시장 거리는 하루가 멀다 하고 간판이 바뀌었다. 싸구려 꼬치를 팔던 꼬칫집도, 술을 팔던 떡볶이집도, 이따금 어묵에 뜨끈한 청주를 마시던 일본식 오뎅집도, 크래프트 비어를 전문으로 팔던 곳도, 진한 짬뽕 국물에 칭따오를 놓고 꿔바로우를 뒤적이던 중국집도, 모두가 사라졌다.

함께 했던 많은 커플도 마찬가지였다. 그들은 헤어지고 다른 사람을 만나고 결혼하고 애를 낳았다. 여전히 혼자인 사람도 있고 자유롭게 사는 사람도 있으며, 몇몇은 연이 끊겼다. 이제는 뭐 하는지조차 알 수 없는 이도 있다. 우리만이 그대로다.

아니, 우리도 그대로는 아니었다. 얼굴의 주름이 몇 개인가 늘었고 피부의 탄력은 떨어지고 머리숱은 줄었으며 아랫배에는 군살이 붙었다. 그래도 고개를 돌리면 옆에는 십 년 전과 변함없이 사랑하는 사람이 있다. 아주 대단한 성공과 부와 명예는 이번 생에는 없을지도 모른다. 아, 이번 생은 글렀어요.

그래도 괜찮다. 돌이켜 보면 기억에 남는 행복했던 순간은 아무것도 아닌 일이었다. 빙글빙글 돌아가는 놀이터 회전무대에 매달려 쿠루리의 'Superstar'에 맞춰 휴대전화 카메라로 뮤직비디오를 찍었던 기억, 와인을 잔뜩 마시고 욜라텡고의 음악에 맞춰 춤을 췄던 기억, 란콰이펑에서 한 블록 떨어진 빌딩 앞에 앉아 캔맥주를 마셨던 기억, 마쿠하리 멧세의 광장에 앉아 캔맥주를 마셨던 기억 같은(써놓고 보니 죄다 술 마신 추억뿐인 것 같지만). 행복을 정복하지는 못했지만, 행복은 아주 가까이, 맞잡은 손에 이미 스며들어 있었다.

우리 같이,
지금처럼 늙어 갑시다.